異能司機

王良和 著

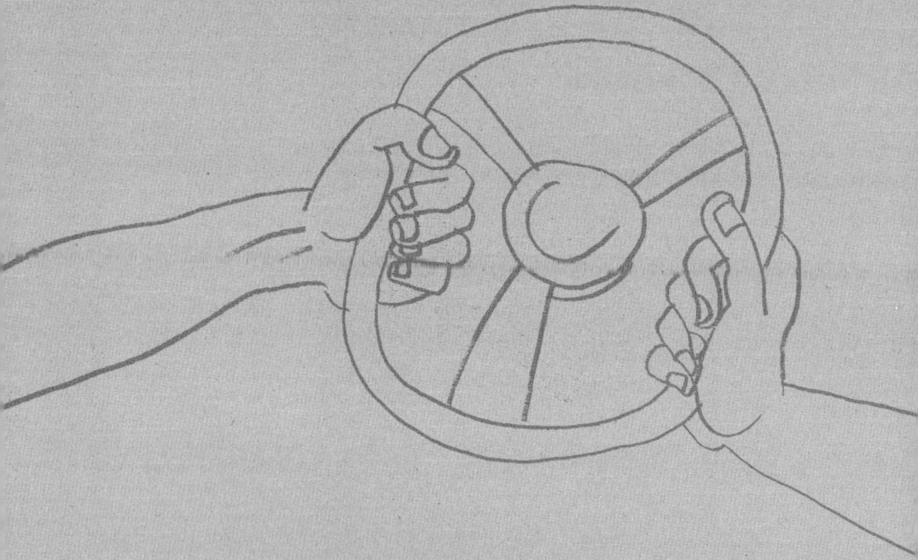

匯智出版

目錄

第一輯　異能司機

異能司機……9
又見異能司機……15
28K「賠率」——三寫異能司機……22
欲擒先縱VS飛不出五指山——四寫異能司機……29

第二輯　記憶裁片

城市與記憶……37
水色清香……40
奪寶奇緣……45

夜光杯．月如鈎 54
尋龍記 61

第三輯　易象

易象 67
● 坤 67
● 震 70
● 艮 73
● 剝 78
● 乾 81
● 泰 85

第四輯　樂海崖的黃昏

我認識的夜就不再是黑夜了……97
樂海崖的黃昏……112
重訪里爾克墓……123
卡夫卡的墓地與修道院……130
在威尼斯到佛羅倫斯的火車上……135
水琴窟……140
青椒炒肉絲……145

第五輯　瀑布灣道

我其實是想見見你——悼念陶然先生……151
武緣……158

二十年……161
「惡記」魚蛋粉……169
七十年代的華富邨街市……174
瀑布灣道……179
最後，我們來到了西九苗圃公園——尋找木油樹……184

第一輯

異能司機

異能司機

從居住的地方走路到小巴站的途中，一輛28K小巴從後越過，風馳而去。來到小巴站，心想，不知要等多久呢。竟然不用等很久，就見到一輛，不，兩輛小巴駛近，第一輛是28K，我連忙揮手，司機是個女人，不停站，似乎客滿。正自失望，後面的小巴，竟然也是28K，而且人不多，在我面前開了門。我上了車，後面一個戴口罩的男人跟着上車。我剛坐下，他一「嘟」八達通，司機就開口：「戴了口罩我都認得你！不用揮手我都會停畀你！」一聽司機的聲音，心「咯登」一聲，竟然上了他的車！

那人上了車，坐在最近司機的座位，當即拉下口罩，笑着說：「你真厲害！」

「前面的女司機是我徒弟，徒弟知道師父在後面，當然由師父停畀你！」除口罩男開閒說了一句前面的司機不停車，司機就這樣接口。

「果然係大師傅！」除口罩男模仿電視廣告中成龍提醒司機小心駕駛的口脗。

「不是大師傅，是大師兄！我們這一行不叫師傅，叫師兄。我徒弟見到我都是叫我大師兄。現在呀，詞語的意思常常會變，不能亂用，大陸以前不是同志同志的喊，現在你就不要叫人同志了，蘭桂坊摸你屁股那些也叫同志！」

這是我第一次去大埔坐上了他的車，之前都是從大埔街市買菜後搭小巴回家時碰上。第一次坐他的車，被他罵；第二次，他和乘客對罵；第三次，我想投訴他；第四次，我想提早下車；第五次……。

第一次坐上他的車，車開不久，我就覺得不對勁，司機總是不停說話，自言自語，責怪下了車的乘客叫下車叫了兩次。我因為之前試過說在某某地方下車，司機忘了，沒有在車站停車，之後我總會在快到站時加說一句「有落」，他就罵了：「你之前已經講了一次，我都叫你們不要再講第二次，講第二次即是看不起我，你們十八個人只要講一次在甚麼地方落，十八個地方我都記得！」當眾被罵，下車時我一臉不悦。沒想到很快，一個乘客上車「嘟」八達通時説「美援」，下車前説「美援有落」，就被他罵了。乘客還口：「我只是再講一次，為甚麼要畀你鬧？」司機説：「你上車時已經講了美援，使唔使再講第二次？你們講一次我已全部記得，嗱，後面長頭髮的小姐在鹿茵落，你問她是不是？我怎會忘記？總之講一次就得！」後面長頭髮的小姐木無表情，不做聲。他非常執着乘客只能講一次下車地點，講了一次，即使再講「有落」都是冒犯了他。

「黐線！」男人下車時，黑口黑面拋出一句。

「真的有點黐線！」我心裏附和，每次坐他的車，只覺有點緊張，心裏提自己記得不要講第二次下車，其他乘客似乎都有點緊張，車上的氣氛怪怪的，只有他自言自語認叻或埋怨或責怪乘客的聲音。一段二十分鐘的路，讓我感到難受，真不明白小巴公司怎會請這樣的人做司機，邊坐邊想到要向小巴公司投訴。還有，還有他開車很快，天已黑，車飛馳，轉彎也不減速，彷佛無主孤魂般飄飛，總讓我心慌慌的自嘆「黑仔」，暗罵又上了他的「死人車」。有一次我真的提早了一個站下車，怕多坐一個站會出意外，如果「衰起上嚟」……。

「那個司機不知是不是有亞氏保加症，好執着乘客只能講一次下車地點。」晚上，和妻子談到那個司機。

「有可能，但不少亞氏保加症患者都有特殊才能，甚至被視為天才。」

「那個司機的記憶力真是超厲害，我沒有見他忘記過一個乘客說的下車地點，他對自己這種能力非常自豪。」

我想起許多年前看電視片集，介紹一個腦袋具「攝影功能」的黑人青年，他和實驗人員乘坐直升機，在倫敦上空盤旋一會，降落後把高空俯視看到的倫敦建築物、街景，在畫紙上一五一十畫下來，實驗人員嚇得目瞪口呆！世間竟有這樣的異能人士！

幾個月之後，經常搭28K的乘客，或許都已經習慣或者說適應了這個司機的怪脾氣，不去觸他的「逆鱗」，似乎相安無事了。一次上車後，車未開，聽到他跟最近司機位的乘客聊天，提到自己的女兒。唔，原來是要養家的，還有個女兒。

小巴很快經過今年二月十日「大埔公路翻九巴」的車禍現場，那是我昔日居住的大埔尾村村口的馬路對面，路面仍覺凌亂，香燭、哭聲、呼喚如在目前，怵目驚心。幸好這是上午，陽光朗朗，他今天開車好像慢了一點。

「噑，後面個女仔喺鹿茵落，前面個阿生喺廣福邨落，還有中間個阿生未講。」中間個阿生就是我，我和他在倒後鏡互望了一眼。還是老樣子，已見怪不怪。

小巴在鹿茵山莊的車站停下來，開門，少女下車：「靚仔司機，唔該！」在倒後鏡看不清楚他的樣子，我不知他有幾靚仔。

前面的乘客又和他聊起來，聊了一會，他忽然說：「唔好同我講嘢，搞到我唔記得喺鹿茵停車，畀人投訴！」這是我第一次聽到他說「唔記得」。

小巴駛到廣福邨，司機說：「馬會、桌球城、新街市，唔使嗱，自動停，但係只停三秒。」

很快，小巴緩緩停在投注站前，開門，沒有人下車。

很快，小巴緩緩停在桌球城前，開門，沒有人下車，關門。

沒有人說「街市有落」。

很快，小巴緩緩停在新街市前，開門。

我終於站起來。下車前，微笑：「唔該。」

其實我有一刻想過，要不要說「街市有落」?

又見異能司機

在《香港作家》發表的散文〈異能司機〉，收入羅國洪、朱少璋主編的《香港．人》。這篇短文頗獲文友讚賞，都說那司機很特別，W說，他應該有亞氏保加症。文章發表後，奇怪，很少再搭上異能司機的小巴。或者上天不想我再遇到他——怕他知道那篇文章是我寫的，一上車就盯着我：「我認得你！你就是那個唔聲唔聲的阿生！你這樣寫我，信不信我……！」此情此景，我會怎樣回應呢？尷尬地笑笑，不承認，也不否認；或者——「我在讚賞你呢，我有你這種記憶力就好了！異能……」

兩個星期前，時來運到，我竟然連續兩天下午坐上了他的車。他比以前更多話，我一上車就聽到他不停自言自語——他是否要吃藥？忘了吃藥？——我坐下就這樣想。開車不久，他的毛病就發作了：「你們講一次下車地點就得，不用講第二次，十六個人（不是十八個？）在哪裏下車我全部記得。不是我自誇，我哪一次忘記過？哼，黃宜坳不用講啦，自動停。」

「黃宜坳有落。」車尾隨即有乘客接口。

他「呃」的憤了一聲，壓低聲音：「都說不用講！」

乘客下車後，他高揚聲音：「我已經說了黃宜坳不用講，他還叫有落！都不知有無聽書！」

隨即又響起叫落車的聲音：「松濤閣有落。」原來是我前面座位、穿校服的小男生，聲音有點像雞仔。

他高揚聲音：「過啦，現在才叫有落，遲不遲呀！在峰林軒落啦！」

聽到他說「過啦」，我別臉望望，小巴就在松濤閣前——車速很快，懶得停車——我是這樣想。

小巴停在峰林軒的小巴站，開門，坐在後排背着小學生書包的菲傭，走到前排，扶着那個小男生下車，狠狠地瞪了「異能」一眼，咕嚕咕嚕輕聲罵着。我聽得出她罵甚麼：「我在後面已講了松濤閣有落，你自己不停說話聽不到我講有落！」

菲傭和小孩下了車，他又高揚聲音：「落車又不早點說！」

我和左邊坐單人位的男人互望了一眼，微笑。我覺得我們的笑都有點古怪。

第二天，在大埔新街市，一上了車，就傳來熟悉的聲音；心咯登一聲，又是他，一連兩天，咁好彩？

車速很快，我暈暈的像坐上了卡夫卡〈鄉村醫生〉中那神秘的馬車——小巴就像激流之中的木塊一樣奔出，道旁樹木震裂，霹靂啪嘞，呼——等我恢復意識，小巴已甩掉菲傭和小孩，過了峰林軒，在一個小巴站前慢下來。

「咦，無人嘅？」車上的乘客都看得見，小巴站空空如也，無人無鬼。「奇怪，翡翠花園有工程，五點幾，總有幾個工人在這裏等車。今天竟然沒有。」他真好人，惦記着幾個收工的地盤工人——我想。

異能終於不等他們了，開車不久，就迎來了前面的小巴站，有乘客正在上小巴。

他又自言自語：「原來畀前面架小巴捷足先登。」原來異能也是個讀書人，會口吐蓮花，懂得捷足——我想。

看看前面的小巴也是28K，異能繼續自言自語：「那是十分鐘前開的，早我一班，啤，我快過佢。好唔好爬佢頭？」話音剛落，他的小巴已越過前面仍在上客的28K。

車速很快，我暈暈的像坐上了卡夫卡〈鄉村醫生〉中那神秘的馬車——小巴就像激流之中的木塊一樣奔出，道旁樹木震裂，霹靂啪嘞，呼——等我恢復意識，小巴已甩掉崇基學院入口「崇高惟博愛」的門聯。

「駿景園有落。」小巴還未入駿景路，已有乘客提早叫落車。

他嘀咕：「咁早講？」然後自言自語：「你們一上車嘟卡，我就知道有多少人去沙田。由駿景園開始要嘟九個半，你一嘟九個半我就知你要坐到駿景園、銀禧、火車站，唔信你問下後面個阿生。」

你懂的，後面個阿生，就是我（死啦，他會不會知道我寫他？）。

「火車站不用講啦，自動停畀你。」

「落路下有落。」後排傳來一把女聲。

落路下的小巴站剛過了，他把車開到駿景廣場才停車，開門。後面的長髮少女匆匆走前來，下車。過了站才能下車，我想她應該有點不滿，但我看不到她有沒有「怒睥」異能司機。

這時，前後左右的乘客都在你望我、我望你的眼神中微笑，我們成了魯迅筆下的看客，看戲看出了人生的戲味，卻又只有自己心領神會，禁不住陰陰嘴笑。我知道，我們都是「異能司機」的「熟客」，上了他的車，有過不一樣的經歷，大家都明白。

只有異能在少女下車後，委屈得像個小孩：「又唔早啲講！佢奸賴！你哋話係唔係？佢奸賴！」

這是我第一次，一連兩天看見「異能司機」老貓燒鬚——佢奸賴！

〈異能司機〉是繼〈波仔記〉後，我收到較多讀者回應的散文。不久前，收到曾麗雯教授（Audrey Heijns）的電郵，請我授權她翻譯〈異能司機〉。曾教授在電郵中說：「這篇文章很有香港文化的代表性。我是特別欣賞小巴上的氣氛和司機與乘客的溝通方式。我偶爾坐28K就會想起您的故事。」我當然求之不得。她說中文和英譯對照會放在「Chinaman Creek」的網頁上。很快收到她的譯文，我在「Chinaman Creek」的網頁上一看，題目下大大的一張28K小巴照片，司機戴着深藍色鴨舌帽，右手抓着軚盤，身子左傾，低頭，不知要找甚麼。我心裏「噢」的叫了一聲。在給曾教授的電郵中，我說：

「那張照片別有意味，非常配合〈異能司機〉。」

28K「賠率」——三寫異能司機

離遠看見街市外停着上客的小巴，紅色路線牌，應是28K，連忙加快步伐，揮着手，晃着幾乎發出熱切喊聲的背囊直奔過去。但小巴還是開了，迎我而來。明明看見我追車卻不等我！心裏嘀咕，小巴忽然在我的左邊慢下來，開門。心花怒放，輕輕躍到車上，即時被一把響亮的聲音撞得站立不穩，幾乎跌倒：「嘩！你這樣衝過來，我真怕把你撞散！」我暈暈懵懵的走到最後排的單人位，坐下，才回過神來，似曾相識的聲音和語氣，異能！

很久沒坐這條路線的小巴，幾乎忘了他。記憶中這個自視記憶力超乎常人的司機，總是自言自語自誇。可是有一次，他聽不到「bus stop（有落）」；領着穿小學校服少主的菲傭，眼睜睜看着小巴飛馳，越過松濤閣，在下一站下車時回過頭來，狠狠瞪了異能一眼。他有點委屈，大呼：「落車又不大聲講，你們說，是不是她不對？」沒有人搭嘴。又有一次，領着穿小學校服少主的菲傭（同一個人還是另一個人？），在小巴將到松濤閣時才說「有落」——當然過站，可是異能耳聰目明，及時停車。菲傭領着少主下車，有禮貌地回過頭來，輕聲說了一句「thank you」。車門關上，開車時，異能別過臉，望着她的背影，一臉不悅地自言自語：「thank thank thank, thank 你個頭。」音樂一樣充滿節奏感。印象中，他語氣最好的一次，是停車開門時，對着剛上車的少婦，熱情滿滿地說：「一見到你，就自動停車畀你；剛參加完香港小姐選美？」穿着淺藍上衣白長褲、化了妝、可能二十年前參加過香港小姐選舉、清瘦白皙的少婦上了車，不多話地坐在前排；異能卻是不停說着甜言，別過來笑着的臉也是甜的，小蜜蜂嗡嗡嗡。高貴的少婦很快下車，我望着異能的臉從左邊轉到右邊，望着她橫過馬路，走向一排排別墅的雍怡雅苑。我覺得自己擺明暗笑，眼前浮現一張我不認識的女人的臉——她拿着藤條，「狼狼」地睥着嘴角甜到漏蜜的他。

很久沒坐這條路線的小巴了，今天有緣坐上了他的車，像參加甚麼有獎嘉年華會，氣氛異常輕鬆，令人期待。他又來了：「如你說了在黃宜坳落，而我唔記得停車，我就給你一百。但他拿到的機會還難過中六合彩，難到飛起！後面個靚姐今天用了另一張卡，多給了三蚊，我都記得（後面的靚姐搭嘴，一嘴無奈：「沒辦法！那三蚊給你啦，今日。」）。靚姐當然知道，但他們不認識我，不知道我厲害。嗱，黃宜坳有五個人落，上到翡翠才給他們落，就罰我五百；但我正一正在黃宜坳給五個人落了，你伸隻手出來攞一百？我就攞枝藤條fit你囉。」接着，倒後鏡映出穿着青色T恤的異能：左手握軚盤，右手拿着空氣道具，手起手落，手落手起，充滿戲劇感、臨場感、動感地補一句：「fit！fit！攞吖嗱！」

我忍不住「kit」一聲笑了出來，前面的乘客「哈哈」笑了兩聲，滿車充滿快樂的氣氛。

他更來勁了，不知從哪裏掏出五張對摺的紙幣，別過臉，以秦王掃六合的氣勢「挑請」貼在他後面的乘客下賭注：「有本事你拎五蚊出來，我賠一百……我唔記得停，有五個落車，我就賠五百……。」那扇形展開的五張銀紙，就像「賭聖」手中大殺四方的煙屎同花順，光芒四射，刺得我目盲。而我，坐在最後，目盲至看不清那是真一百元銀紙還是道具銀紙。

到了黃宜坳，果然有幾個乘客下車，有心人一數，哈。前排一個女乘客捉到老貓，開腔燒他的鬚，笑着說：「得四個咋喎！」異能不慌不忙：「我只是說『大概』，咁準確咩……唔係咁計㗎嘛，總之我記得停就得啦！」想到異能有一次小孩子似的對着下了車的少女的背影說：「佢賴貓！佢賴貓！」我就禁不住陰陰嘴笑。我右邊的中年胖子，十五秒前才對由「好運中心」說到「祝你好運」的異能說：「你買六合彩啦，明天，一注中。」此刻自己像中了頭獎，樂得哈哈大笑。

車越開越順，大玻璃前，異能一身青衣，像一株朝氣勃勃的樹：「嗱，這裏有個人走出來，看到沒有？我睇住佢喫啦，佢搭我就停囉。嗱，佢又走回去啦。」稍停兩秒，繼續：「我對眼不知幾犀利，記性又犀利，耳仔又犀利。」全車靜默，只有引擎發動、座椅顫動突突顛顛的聲音。心裏正不忍，沒有觀眾回應，異能會感到寂寞的。沒辦法，他只好在幾個乘客下車後，加大敘述描繪的力度：「咁少人落車我都唔開心，最好通通落車，我最開心。你們不知道行情，我冚唪唥知道晒，上到翡翠個地盤，爭住上車的人擒到上車頂，五點放工吖嘛，去埋廁所，洗埋手，換埋件衫，五點三就落到嚟囉。」果然，到了翡翠花園的小巴站，大半人下了車，很多人上車，更多排隊的人未能上車。滿載乘客的28K不停站了，直飛；心想，異能可能乘勢踩油，小巴又快又飄，天黑前，讓心慌慌的我蹦出一句：真倒霉，怎麼又搭上他的死人車！但這回異能倒是「穩重」，車速正正常常。

我快到站下車時，異能又發作了：「你哋唔知道，幾多乘客多謝我，話我總係提佢哋落車，呢條小巴線有我真好！又讚我記憶力驚人，十個人都冇一個。哼，係一巴仙都冇！」車門開時，只見他，仍「吹水唔抹嘴」；而我——微笑，從從容容下車，有點意猶未盡——今宵人惜別，28K將泊於何處？

這是我認識的香港、香港的一道人間風景。車來車往，有人上車，有人下車，燈火樓台，人影幢幢。回頭望一望把我平安送到家門口的異能；偶開天眼，朦朦朧朧，光影迷離。南瓜車，輝煌的舞會，十二點的鐘聲。我抓着一隻玻璃鞋，四處張望——看見異能超世的貓巴士，顫動着六根貓鬚，對着我張口稚笑，車頂的路線牌急速轉動，從「28K」轉到「1988」，雙眼放出兩道黃光，在黑夜的樹林中，疾縱十爪扒撥，奮力飛馳，嚇得擋在前面密矗矗的樹木張大口，立馬向兩邊讓開。咻……咻……最神奇的時代，異能來了！而我也嚇得急閃，在後面笑着叮嚀：少說話啊，小心駕駛，願你——平安幸福。

欲擒先縱VS飛不出五指山

——四寫異能司機

在手機看「俄烏戰爭」影片，導彈、無人機飛來飛去，轟……轟……呯呯呯……。火球，蘑菇雲，屍體，血腥的鏡頭模糊一片，或是打了格仔。不斷有新片連首銜尾而至，麻鷹捉雞仔有之，人狗情未了有之，錯誤的地方遇上錯誤的對手，有之有之……誘我收看。屏幕換來印度數十群猴圍毆一隻流浪狗，旁白説群猴要大報復——那隻狗被推擠撕咬得葫蘆滾地，噢噢慘叫；我第一次感到聯群結黨的猴子原來這樣可怕。手指一觸，倏忽換來張衛健調皮的扮相與對白：「花果山水簾洞美猴王齊天大聖孫悟空……Yo，使乜驚呀！」一個筋斗十萬八千里，玉皇大帝都奈我唔何！孫悟空撒了一泡騷尿，然後在一根根擎天的柱石間，目中無佛寫下地動山搖、石破天驚的豪言戲語。

人生如戲，我看得有點入戲，不禁流露「蒙羅麗莎式」的神秘微笑——連我自己都不知有乜好笑。

「嘻嘻。」前排忽然傳來甚麼人的笑聲。

「全部落晒，四個站，黃宜坳，松濤閣，峰林軒，翡翠花園，個啲樣都坐晒係度。」熟悉的站名、熟悉的聲音，「燈」！腦袋頓時燈火通明，光照天下——異能！

這時，座位擾動，坐在我旁邊、頭髮花白的男人站起來，搖搖晃晃走向車頭：「唔該。」慢慢下了車。

車門關上，異能開始自言自語開炮：「唓，阿叔又落車先啦，由得佢吧。上車時話『落車先嘟啦』，而今行咗去啦。不過，由得佢吧，費事追佢啦。呢，嗰個呀（異能回過頭來，盯着街道上穿藍色牛仔短褲，黑襪，藍色白邊球鞋的男人）。佢上車拍咗一下卡，唔得；落車先啦，我話收到。嗱，而今落車啦，真係落車先啦（嘻嘻，又有乘客笑）。我乜都記得㗎，鬼死咁好記性。如果我提佢，佢會即刻話，係呀係呀。我聽日見到佢就提下佢囉：喂，你又話落車先嘅，我以為你去廁所呀，你落車去廁所我等你，點解你唔返轉頭嘅？（哈哈，一個男乘客開懷大笑，還搭嘴：我都唔記得）我做咩唔記得呀？佢上車，嘟咗唔得之後就行去車尾，另外嗰個呢，我話，仲有一個位，好啦……。」

「翡翠有落呀靚仔。」一個「中年好聲音」的女人突然高聲說。異能即時激動起來，響巴巴責之而後快：「你仲講？人哋都話通通有落囉嗰四個站，黃宜坳，松濤閣，峰林軒，翡翠，四個站都有人坐咗係度。我頭先好大聲喎，咁樣講，咦，你應該耳仔有啲問題喎。」

「想聽吓你把聲吖嘛！」女人有點嬌嗲，假意或真心，都應該令人受落。

「聽吓？你咁遠都聽唔到？你講嘢呀。我一早噏定晒啦，噏定呢四個站，我話四個站啲樣都係晒度呀。」異能竟然「窒」女人！如果她是那個藍衣白褲、中年好風韻的「香港小姐」，異能會說甚麼呢？——係唔係嘅啫？——當然是我瞎猜。

女人嘻嘻笑了兩聲，有點尷尬有點欣賞又有點不服氣：「認得晒！」

異能即時認叻：「我認人咁犀利，你睇下嗰個未畀，我都全程睩到實——我由得佢之嘛。落車先，原來佢去到真係落車先！」

女人輕聲為下了車的乘客「辯護」：「落咗車唔記得拍卡啫。」

異能即時神人上身：「（自豪地）我一眼關十七呀！啲人話我，呢個好犀利㗎，乜都知㗎，但我唔係關七，我係關十七！多咗十㗎我！所以你哋全部飛不出我五指山！」

死啦，原來異能是如來佛祖，億眼億手，無處不在——哪裏逃？

看見女人被「窒」，很快，一個要下車的男乘客主動報備：「阿哥仔，油站呀。今日唔返赤泥坪呀，唔返赤泥坪呀，去油站攞番部車先。」

「全部聽到晒。」（男乘客小聲笑了兩聲，嘻嘻）異能運真氣，顯異能，聲音高揚八度：「你話，哥仔呀，油站呀，我唔返赤泥坪呀，去油站呀。啍，全部讀一次你聽。咁我想唔應你，但你都驚㗎嘛。其實你哋一講電話我都聽到晒，你有你講我有我聽。」

沒人下車，28K風馳電掣過了赤泥坪，彈指間飛過中文大學。我開始緊張起來，一會，要不要講「XXX有落」？——佢冚唪呤認得晒！

過了迴旋處，上斜路，幸好一個生客開腔：「前面個小巴站有落。」

異能成佛，得道度人，指引正途，語氣一變，溫良恭儉讓有之：「呢個小巴站我架車唔落得客㗎，你跟住前面著藍色衫個阿叔係駿景廣場落啦。」我低頭瞧瞧自己的T恤，灰色，不是我。前面個藍衣阿叔沒有說在甚麼站「有落」，卻早已被異能看穿、捉住，原來真的「飛不出」……。

前面兩個阿叔起身下車，我連忙站起來，借頭借路從後跟上，貼在第二個阿叔身後，遮遮掩掩，一步，一步，下一車。甫下車，回過頭來，望一望異能；只見他，和我四目交投，目光迷茫，搔了搔耳鬢，好像自言自語：「哪來的七十三變，竟然逃得出我的法眼？」我帶着感激的眼神：感謝他的五指山，法網寬大，網漏吞舟之魚。我遂報以「和田玉式」——欲看不透——的微笑，又一次感念沿途有你，九九八十一難，逢凶化吉——人世間有大歡喜，你我他，有緣，到此一遊。

第二輯

記憶裁片

城市與記憶

過了子時，火車才來到目的地。記憶中的老舊火車站大得人頭浪湧，大包小包大聲小聲的呼喚碰撞，空氣中有辣椒和酸菜的氣息。火車站外的兜搭，講價的喧噪，圍攏來的陌生臉孔。都甚麼時間了？沒有公車啦。出租車三輪車多少錢？要到甚麼地方需要住宿嗎？總會有許多黝黑的中年人的臉。夜深如此，從未到過的地方，人生閱歷尚淺的年輕旅人，不久前才在另一個火車站給人偷了荷包，餘悸未了，此刻更加小心翼翼。

三輪車轉到極寬闊的大路。選上少年的三輪車可能因為某種單純的安全感。旅人並不知道旅店在哪裏，有多遠，還以為這是個落後的城市，建築物殘舊，就像旅途所見的房子、竹棚。可這裏的馬路寬闊得驚人，兩旁的路燈巨大而明亮，黃濛濛的光點上盛開叢叢燦然的銀燈。兩個旅人就坐在這輛三輪車上。尚在發展的城市，凌晨沒有多少仍未入睡的微弱家燈，以致許多年後，在他們的記憶中，這段路程的背景是無邊的黑暗。

微雨飄着。疲累與不安隨暑氣一點一點散去。旅人輕聲談論着馬路、燈光。前面少年的頭髮，清爽的陸軍裝。十四五歲，穿着白色汗衣，外面是散了鈕扣的白襯衣，夜風中向後飄飄張開蓬鬆的翅膀，躍躍欲飛幾乎觸到他們的臉。三輪車越來越慢，拉動着疲累的入夢的城市——他整個人站起來，更用力踩踏。輕輕夢囈的三輪車醒了醒，咿兀咿兀又振作前行。

原來路途很遠，換了是我，一定累壞了。旅人想。他在念書嗎？家裏有甚麼人？一會還有沒有生意？一個人的空車，如此雨夜。他的衣服和臉都濕了。旅人有點歉意——開價不高，還和他講價；他也肯減，其他車夫卻掉頭走了。

「我會付給你最初說的車費。」

「對。」他回頭笑笑，只答了一個字。

差不多四十年後，旅人仍時時回到那個寧靜的美好的雨夜。他覺得自己幸運地坐上了少年的三輪車——雙眼享受着寬廣到天邊的銀燈永夜，以致他總覺得身處夢幻神奇的銀河——馬路上沒有汽車沒有行人，迎面是燦亮的不知名的星星，一切向後流逝，甚麼都把捉不住，人與物，光明與黑暗；前面卻是從容的堅忍、詩意的前定——放心夜。

差不多四十年後，他和她，還不確定那神奇夢幻的馬路，是金牛大道、錦江大道，還是人民南路。但他仍時時回到那個寧靜的詩意的雨夜，一次又一次登上他的三輪車，好像要細味甚麼。

上世紀八十年代中，我第一次來到成都。

水色清香

香香撕開真空包裝袋，把青綠的茶葉倒進紫砂壺裏，加入沸騰的蒸餾水。幾分鐘後，壺嘴一柱一柱溫靜地注茶，四隻小杯子充滿期待。我小聲地「咦」了一聲。

香香撕開真空包裝袋，把青亮的茶葉倒進紫砂壺裏，加入沸騰的蒸餾水。幾分鐘後，壺嘴一絲一絲平和地注茶，四隻小杯子閉目不語。「真的耶。」我看了看茶湯的顏色，微微一笑。

香香撕開真空包裝袋，把清香的茶葉倒進紫砂壺裏，加入沸騰的蒸餾水。幾分鐘後，壺嘴的微雨流過瓦上的青苔，點點滴滴落在明淨的天階，四隻小杯子空滿任物，靜靜升起，若有若無的輕煙色相，唇間舌尖，幽香隱約，月在峰，水在瓶。有人在井口提着繩子，向井中深陷的天空墜下一個水桶。

夜色初合，酒店外的庭院，明月當空，茶煙裊裊。

初嘗銅獎的茶，只見茶色淺黃之極，不像茶樓的鐵觀音或我偶然品嘗的凍頂烏龍，不禁有點驚訝。銀獎的更若無色，但茶香猶勝一籌。最後，金獎的茶湯幾如白開水，清香卻在唇齒間自然自在，轉瞬即逝的輕煙，雲上于天，清明未雨，而品者心有微喜——一點點領會、一點點習得的喜悅——生活無處不是學問，生命因學習而充實。香香還教我們品茶後聞杯，欣賞杯間的餘香餘韻，還要欣賞沖泡後的茶葉——越好的茶，茶葉像絲綢，有柔若如絲的質感、溫潤含蓄的微光，整片葉子沒有一點破孔爛裂。她用牙籤輕輕挑起杯底捲曲的茶葉，緩緩攤展桌上，只見這片已被沸水沖了三泡的茶葉，仍然碧綠完整，真的像絲綢般美麗，微微暈着耐看的溫潤光澤。香香說，鐵觀音有清香型、濃香型，她喜歡清香型，茶香清幽如蘭花，沖泡的茶越像清水無色，品質越佳。這時，我才知道自己平常喝的都是濃香型，幾天前在廈門買的茶，更是混了香水所製，沖泡後水面有隱約的油漬，濃香刺鼻，惡濁不堪。

第二天，香香帶我們到茶葉城試茶，這一間試試，那一間試試。她不批評茶，品後微笑，沒有買，我們也不買。離開店子，她才輕聲點評剛才試品的鐵觀音，說喝時感到舌尖有點麻，是農藥未散，而濃香型的茶色或淺黃或深黃，她都不喜歡，我們漸漸也不喜歡濃香型；何況昨夜品嘗過三甲的清香極品，開始有了品茶的要求。最後，我們走進了「恩人茗茶」，她試了幾款，沒有離去的意思，言語間對所試的茶多有稱讚。樣子誠樸的老闆娘，殷勤地給我們試茶，知道我們喜歡，微笑地多推薦兩款她自認的好茶。新茶試完，十多年的陳年鐵觀音也試過；大家買了一些，我還買了一套素淨的白瓷杯。晚上經過賣油條的攤子，香香請我們吃新鮮炸起的油條。我們在昏燈暗影的小巷裏，坐在小板凳上，感受清幽茶香外的人間煙火，品嘗一元幾角的平民美食，那是我貧窮的童年歲月裏不易一嘗的小吃。油條很有粉香，妻子和我都吃了一條，忍不住再吃了一條。第二天喉嚨不痛頭不痛，沒有上火——不知是不是喝了清熱鎮燥的好茶——那是我們吃過最美味的油條。

安溪舉行鐵觀音比賽，茶農雲集。得到金銀銅獎的茶農，都送了一小包得獎茶葉給香香，那是不賣的比賽茶，只給行家欣賞。就這樣，因了香香的關係，我們有幸喝過最好的得獎鐵觀音。回到香港，我已變得「嘴刁」；再沒有機會喝到茶色清亮如水、茶香清幽若蘭的鐵觀音了。以後，我再沒有在香港買過鐵觀音，也沒有在台北機場買過凍頂烏龍。是我中了茶咒，還是我深陷記憶中的這段茶緣，不肯回到當下？——那年初夏，我和妻子到福建。我是為了看博物館，順便看看壽山石，多看多學。公車上，鄰座兩個年輕女乘客，一路談茶，正要到安溪參加鐵觀音比賽。我好奇搭訕，問可不可以跟她們一起去，開開眼界。熱情的小張說好，一直在她身邊談茶經的友人，就是香香。她們是從上海來的，香香是上海的品茶師，這次到安溪是觀賽。就這樣，我和妻子隨着她們坐了幾個小時公車，晚上來到安溪，住進她們住的賓館，有了三天美好的茶緣。我以為安溪鐵觀音是中國最好的茶，分別前，小張說：「我們覺得最好是雲南普洱，第二是武夷岩茶，第三才到安溪鐵觀音。」

我想，我還是覺得安溪鐵觀音是最好的，沒有甚麼顏色，味在色相外，有情有韻，水色清香，淡淡的，引領我走進雲南的普洱茶店——一直和顏悅色的老闆，見我品茶後沒有買茶的意思還站起來準備離去，立時變臉，面紅耳赤青筋暴突直把我罵出店外。

我想，我還是覺得安溪鐵觀音是最好的——香香、小張，你們都好嗎？

奪寶奇緣

清晨來到文化公園，見到有人練武，問他們李佩弦老師也在這裏嗎？我們很快找到師叔公，他坐在公園的石階。我走前去自我介紹，說是劉莉莉的徒弟，劉法孟的徒孫，特意從香港來廣州拜訪他——在《武林》雜誌讀到一篇文章，提到李佩弦每天清早都會在文化公園練拳、教拳，就憑着這一條資料來碰碰運氣，果然找到師叔公。

一九八二年六月，師叔公已九十歲，我十九歲，還在念預科。我找師叔公其實是想學拳的——師父到台灣經商，我失學了，那時卻十分沉迷鷹爪翻子拳，惟有在香港、大陸，到處找師叔伯、師叔公，好想「學嘢」。一九八一年第一次到北京探親，我說想到北京武術學校看看，伯父卻帶爸爸和我參觀故宮。那時我不懂欣賞文物，只想學拳，一點參觀故宮的興致都沒有，就無精打采一個人坐在故宮花園的石凳上托着腮打瞌睡。伯父回家，對堂兄堂姊說我在故宮打瞌睡，甚麼國寶都不想看，心思都去了武術；伯父伯娘只得在居住的胡同四處打聽有沒有人懂武術，終於找到一個老頭，聽說還會耍雙刀。我立時精神振奮，問是不是鷹爪翻子門的。伯父說不清楚，就請了老頭晚上來。老頭七八十歲吧，黝黑清瘦，一頭短白髮，白汗衣藍粗布長褲，夜色中，燈影裏，在門外巷子拿着兩根竹棒當刀，揮舞起來，有刀花，有金雞獨立，做金雞獨立時，左右兩根竹棒一個迴轉，凝在雙肩。我觀看着，面無表情——他一開始就說自己不是鷹爪翻子門，我就給潑了一身冷水，以致他說自己是甚麼門派，我已聽不進耳，聽了也不認識。伯父說既然請來了，就看看他耍的雙刀，不同門派都可以學的嘛。老頭耍完，我小聲說：「不是我想學的『梅花雙刀』。『梅花雙刀』應該很難的，應該有一字馬，有旋子，很好看的。」我很失望，不肯跟老頭學；伯父伯娘也很失望，不知怎樣才能令老遠從香港到北京來的姪兒「提起精神」。——這一次找到本門師叔公，不會空手而回吧？

我和寶強、磊遜師弟三個人到廣州，住在磊遜師弟親戚家裏，天天清早七點就去文化公園。師叔公年紀大，已不教拳了，囑他的義子教我們，還有一位四十年代在廣州跟劉師公學過鷹爪拳的師伯。奇怪的是，他們差不多只練兩三套純鷹爪、技擊性強的套拳，尤其重視「行拳」、「羅漢拳」；那些騰空擊腿連環五腳落一字馬、叫旁觀者拍爛手掌的翻子拳，他們提都不提，也不像我貪多務得。「行拳」、「羅漢拳」我學過，但他們的打法有點不同，「大開式」也不同；總之是鷹爪拳我都有學習熱情，不同版本的打法我也學。學完，師伯帶我們去茶居飲茶。茶居木色古舊，十分簡樸，是我喜歡的平民日常生活場景。我擔心我們三個香港人，會消耗他們不少糧票；師伯說，現在糧票布票甚麼的，已不緊張了。茶煙裊裊，圓桌上的點心也冒着輕煙，師伯娓娓談他學鷹爪拳的往事。我們開始進入他的時空邊界、人事記憶；他也從我們的口中，略知香港鷹爪翻子拳的傳播情況。

師叔公的義子，三四十歲吧，我們的師叔口中的「德哥」，教了我們「羅漢拳」，演了幾下醉拳的動作，原來他會「醉六躺」！那可是劉師公生前罕傳弟子的最高級套拳，師公一九六四年仙遊，這套拳成了神秘的傳說。劉師父是師公的長女，師公逝世時她十九歲，毅然接手武館，獨挑大樑，教拳延續本門薪火。師父說，師公死於肺積水，他表演「醉六躺」，其中一個難度大的動作，是向前高躍下撲，不以雙掌按地做「撲虎」，而是雙臂分展如飛，以胸、肩抵地；但最後一次公開表演，師公躍起，凌空張開雙臂，如雄鷹展翅撲下，觸地的一刻，胸口突然被硬物擊中——表演台的地毯下，微微隆起了「陷阱」，有人遺下一個士巴拿。聽了這故事，一天晚上我竟夢見劉師公表演「醉六躺」——師公穿着黑色的精武衫，黝黑清瘦，一頭短黑髮，在台上高縱低躍，飛腿如雷如霆，霹靂炸響，分展雙臂飛來飛去，極為精彩；醒後恍恍惚惚的，師公逝世時我才一歲，從未見過師公，竟然夢見他，想是過於癡迷之故。我以為這套連師父都未學過的醉拳，已經失傳，原來在廣州仍有傳燈者。但德哥的醉拳不叫「醉六躺」，而叫「醉劉唐」，顯然是同一套拳。我們大喜過望，立時圍住他，央他教，他鬆鬆爽爽答應，還用信紙抄了拳譜給我們。三師兄弟開始跟着德哥張指捏杯，提腿瞇眼扮醉，左搖右擺跌跌碰碰演起了「葫蘆醉態」。那真是我學過的最難的套拳，一字馬、朝天蹬、躺在地上雙腿一剪整個人翻身彈起的「蛟龍滾浪」，甚至左手抓住橫曲的右腳，左腳在右腳中空處跳進跳出的「前後穿腿」，都難不倒我們。可是，可是，「吻靴」怎能做到啊——右腳向前鈎踢到面上，雙手隨即抱住「一柱擎天」的右腳，整個身子向前跌下成一字馬，俯着身低着頭抱着腳，嘴唇觸碰鞋頭，整個人像阿拉伯「1」字在地上橫滾——噢，「抱足滾蹚」——夏日炎炎我們短衣短褲，在文化公園粗糙的水泥地上「抱足滾蹚」滾了一會，已經「周身損晒」（日後的回憶語）。而「吻靴」一式，我們只能抱足順勢「滑」下作一字馬，極力俯首伸頸也只能做到「吻膝」「吻脛」，真不知是哪一位創拳的神人可以正身朝天蹬直「跌」地上成一字馬俯身低首「吻靴」，還改了這麼詩意的名字！我後來查書，「劉唐」原來是《水滸傳》人物，武藝過人，嗜酒，《水滸傳》第十三回，便寫到劉唐醉倒於靈官廟。「醉劉唐」拳譜有「劉唐獻酒」、「醉倒劉唐」二式，所以這套拳，確實的名稱是「醉劉唐」。只因「醉劉唐」、「醉六躺」，河北話讀音相近（普通話拼音都是zui liu tang），出音而字，產生了不同寫法。

回港前一天，下午我們到師叔公家道別，晚上又到師伯家道別。師伯取出兩個本子給我們看，一本是三十年代上海《精武畫報》的剪報，刊登了太師公「鷹爪王」陳子正演示「行拳」的珍貴照片，還有他的弟子對此拳的解說；另一本，全是毛筆寫字、毛筆繪圖的珍藏本，名為《拳術摘要》，封面寫着：「直隸新城陳子正口述　黑龍江蘭西劉鳳池編。」左邊還寫着：「此書雖非海內外孤本，但卅餘年未見他人有藏。」此珍貴的手抄本不但有我們從未聽過、學過的大量氣功，還有本門絕技「行拳」、「連拳」的繪圖——啊，師父對「連拳」總是神神秘秘的，多說兩句好像都會洩露天機，五十路「連拳」，我一路都未學過——更有香港門人從未聽過、不見經傳的「梨花槍」圖譜，有圖有字，繪畫精細，是毛筆繪畫啊！我立時想到《倚天屠龍記》中張無忌神奇的機緣，猿腹真經，秘洞寶笈，甚麼「九陽神功」、「乾坤大挪移」，冥冥中的天選——就是你！我捧着這些「秘笈」，感到心跳加速，第一次明白甚麼叫「血脈賁張」，禁不住開口問師伯可不可以借給我們影印。師伯坐着，正對着我，低下頭，想了想，抬起頭，目光深不可測，望着我：

「好，我信你。」

當晚，我們懷着興奮、感激之心，四處找影印的店子，終於找到一間還在夜色中營業，影印機移動的燈光在蓋板下閃出奇異的光，機器刷刷有聲，一張紙一張紙吐出來，空中有氣流湧動，隔空傳功；我和寶強、磊遜師弟感到全身經脈說不出的舒暢，相視而笑。第二天清早，跑到文化公園把「秘笈」還給師伯，我們就乘搭輕如飛馬的火車、踩着風火輪回香港。

此後，我除了天天扎着四平馬，單手抓着注水的醋醒練指力，還時時躺在床上練「仰臥功」、「睡功」，或離牆三尺，雙臂前伸，二指點牆練「點石功」；又閉着眼睛盤腿而坐練「固精斂氣功」。十九歲的我打坐運氣，身邊沒有小昭，臉沒有忽青忽紅，身子沒有微顫，如墮寒冰——頭上漸漸冒出輕煙，頭髮慢慢變成灰白，一根一根脱落，稀疏若無——放下鷹爪拳三十年後，老之將至，我開始寫網誌。一個香港教育大學的弟子，幫我把從國家博物館拍攝的新石器時代國寶「陶鷹鼎」，製成氣勢非凡的網誌圖標。我修訂了寶強師弟三十多年前手繪的「醉劉唐」圖譜，徵得他同意，連同拳譜、拳名考證、演練提示，全部上載「鷹爪圖書館」，終於鬆了一口氣——「醉劉唐」不會失傳了。幾年後，廣州一個文化網站，發現了「鷹爪圖書館」的網誌，開始斷斷續續轉載我回憶上世紀八十年代初在廣州學武的往事、手繪的「鷹爪翻子門拳術公仔」。

天運循環，原始反終——有一種愛，遠了又回來。

夜光杯·月如鈎

這個角落的地上是一堆灰色的大石，旁邊是成堆成堆橫七豎八的圓柱石芯。那個角落的地上，是一層一層整齊擺放的上百個圓柱石芯。桌上很多石芯已磨成酒杯形，旁邊還有幾個像大玉璧的灰色圓餅，全部未精細打磨。一個中年男工在車床前打磨着成形的石杯，小水柱注射磨機降溫，我舉着攝錄機拍攝。一個年輕女推銷員，紮着馬尾，每隻手握着一個已經磨到暈着微光的墨綠杯子，在「酒泉與夜光杯」展板前介紹「夜光杯」的製作過程。兒子的左掌握着下垂的右手，站在展板旁的磨機前，仔細觀察工人專心打磨石杯的動作。《說文》:「玉，石之美。有五德……。」《禮記·學記》:「玉不琢，不成器。」粗礪、灰黑的祁連石，用心雕琢、精細打磨後，變成祁連玉夜光杯。

參觀完工場，來到銷售夜光杯的展廳。我很快買了一對夜光杯，從玻璃櫃上放回古雅的錦匣前，兩指輕捏着一隻夜光杯，慢慢升起，舉向高處的射燈；此時，妻子舉着攝錄機：墨錄的夜光杯越來越明亮通透，散發金黃的光輝——古人拿着半透明、溫潤的美玉製成的杯子在晚上喝酒，玉杯在月下暈着美麗好看的光；你們看我在酒泉旅遊時拍攝「夜光杯」舉到燈下越發通透明亮的美，可以想像「葡萄美酒夜光杯」的情景嗎？

一個個團友買了夜光杯離去了，銷售廳變得冷冷清清，剩下最後一個團友仍在「廝殺」，終於「扑鎚」，天都快黑了，我的攝錄機又出場——教室的桌上放着我在酒泉買回香港的夜光杯，這是我「珍貴」的教具。我問：「你們認為這對夜光杯值多少錢呢？出個價吧。」我高舉着美麗的夜光杯。「十蚊！」有學生隨口喊價。「一對夜光杯嗒，是用名貴的祁連玉日磨月磋才能製成的啊！你們沒聽過『黃金有價玉無價』嗎？十蚊，你賣給我吖！」一百！二百！五百！一千！學生的出價越來越高，我開始播片——阿發，最後成交價多少？正在付款的團友有點不好意思地回過頭來笑着說：「三十八。」鏡頭外爆出我驚訝的聲音：「為甚麼我的一對要四十二？」班上一陣笑聲。我對着剛才出價一千的學生笑着說：「好啦，一千蚊，扑鎚，成交，賣給你！」那個男學生馬上要手擰頭，高呼：「搵笨！」班上又是一陣笑聲。我問：「有沒有人知道為甚麼老師在文學創作課上講這些經歷、佈置這個教學活動？」我由此談到對事物的認知、生活經驗、旅遊見聞、文化積累與寫作素材、創作靈感的關係。

二〇〇二年初春，收到學系通知，新學年我要教新科「小學文學教學」。心想，我不是搞教學法的，為甚麼編給我？也好，教學相長，馬上備課，搜集教材教具。我的耳邊響起「葡萄美酒夜光杯，欲飲琵琶馬上催」、「黃沙百戰穿金甲，不破樓蘭終不還」、「勸君更盡一杯酒，西出陽關無故人」的詩句，教育局不是要加強中小學文學教學，要小學生背誦古詩文嗎？頭腦「叮」的一聲——去絲綢之路搜集教材，為文學創作搜集教具，也為自己日後的創作積累寫作素材。

七月三十日，凌晨四點鐘出發，旅遊車破黑來到茫茫沙丘。昏燈暗影中，只見千百駱駝匍伏地上，面上套着繩子，駝峰間搭着木架軟墊，木架嵌着圓拱金屬把手，背上鋪着毛毯、編號布。導遊編配駱駝給團友時，我問女兒跟爸爸還是跟媽媽，八歲的女兒說：「跟爸爸。」我都知道她會選我的了——念幼稚園時她不喜歡我，她躺在床上，我坐到她的床邊或是要躺下來陪她，她就用手推我或用腳撐我下床，要我走，說：「不喜歡爸爸。」因為爸爸惡，會打人。但有時我和兒子、女兒在我的大床上蓋着棉被玩星空遊戲，他們又會笑得很開心。兒子說：「爸爸好搞笑。」女兒跟着說：「爸爸好搞笑。」平日女兒親媽媽，但參加有一丁點兒危險的親子活動，她就會選爸爸，覺得跟爸爸一起比較安全——媽媽手騰腳震連玩小孩子的跑車都會撞車。

女兒年幼，我和她給編配了身形矮小一點的駱駝，編號168。168眼睫毛長長的，嘴巴不停動着，好像嚼着香口膠，嘴巴外都是口水。我們騎到駱駝上，牠一站起來，我們兀後兀前給猛挫了兩下，嚇得女兒「噢」的叫了一聲，我連忙緊抓鐵架護住她。駱駝一隻一隻出發了，幾十隻駱駝排成一線，在黑暗的沙漠上緩緩走着，晨風清涼，駝鈴叮噹。我偶然回頭，望一望緊跟在後的、騎着駱駝的妻兒。妻子目光清亮，見我回頭，微微一笑。

天色自深藍而淺藍，寶石般清熒明澈的藍天，群星閃爍，天邊黃亮的新月，一鈎孤懸照萬里黃沙。前座的女兒近在懷中，她穿着灰袖紅衣，我穿着藍紫外套，迷離恍惚，前世的情人，今世何世，星月在上，黃沙在下，父女與駱駝，不想回航的溫馨幸福。

二十年後，一家四口話當年，重回記憶中的絲路。我問：至今最深刻的印象是甚麼？

妻子說：「天天起碼坐八小時車，女兒天天在車上嘔一次……還有，我們的旅遊車，重播又重播韓片《我的野蠻女友》，播來播去都是任賢齊的歌。」

「來抓我啊！」車太鉉穿着黑襪、醒目的白色女裝斗零踭高跟鞋，一拐一拐的跟在全智賢後面，越跑越快伸手一捉就會捉到童話中蹦蹦跳的粉紅兔子——煙塵滾滾突然仆倒在正要接球的棒球手前——「Out！」我望着那張有點「傻氣」的、幸福的、五體投地的臉，微微一笑。

兒子說：「天氣好熱，交河古城好荒涼。」

女兒會說甚麼呢？她會不會說和爸爸一起騎駱駝，駱駝一起來，我們已在半層樓的上空？[1]

來了，或者，果然（？）——「駱駝好搞笑，前面隻駱駝常常拉屎，我們隻駱駝踩到牠的屎。」

1「駱駝一起來，我們已在半層樓的上空」，寫這篇文章的時候，我記憶中的這句子是女兒回港後在作文中寫的——我要兒子和女兒各寫一篇文章記絲路之旅。幾天後查資料，才發覺記錯了——是念五年級的兒子寫的，文章題為〈辛苦的暑假〉，這句子頗有文學筆調，當時一讀就喜歡，深覺呼應了「小學文學教學」的親子之旅。不久，我寫了〈創意文章有個性〉的短文，引了這篇文章，談批改與講評。但為甚麼二十年後，我會記錯，以為這句子是女兒寫的呢？

尋龍記

眼前的龍，有點像玉豬龍，中空的小圓，首尾相連，卻沒有玉豬龍的大眼睛和豬鼻子。在網上看過介紹紅山玉器的電視片集，說玉豬龍的胚胎造型，和巫師作法、祈求生育有關。一次看電視，非洲大草原上，一群「海乙那」發出似笑非笑的叫聲，興奮地噬咬兩隻野豬。一隻母豬的肚皮給硬生生撕破，跌出幾個血淋淋的胚胎：噢，玉豬龍！我幾乎大叫，真的很像紅山玉豬龍！難怪有人說「紅山文化玉豬龍的原型很可能是豬的早期胚胎」。細看再細看，我漸漸皺眉——越看越覺得這龍有點生硬，沁色死板；看看前面的紙牌，哦，原來是仿品，真品在含山博物館。

離開合肥安徽博物院，趕去馬鞍山市。出租車司機用衛星導航，開了半小時說似乎走錯了路。路長龍遠，我擔心趕到博物館已關門，或快將關門，不准進入，只得廢然回頭。出租車開了二十分鐘，我忽然感到錯過這次機會，不知何日重來，又請司機掉頭回去。就像卡夫卡〈鄉村醫生〉的神秘馬車一樣，此時超世的出租車狂飆着風火輪，載着我，「呼」的一聲，到了！圓形的含山博物館，從高空下瞰，連首銜尾的造型，原來照含山玉龍設計，褐色圓牆外密密麻麻裝飾着米黃的排排玉龍，如眼睛，如蚌殼，一看就知玉龍是鎮館之寶。

「還有十五分鐘閉館。」我說只求看一眼，就急步進去。出租車司機怕我甩開他，死命跟着我。博物館兩個工作人員似乎覺得我太奇怪，不安心，也跟在後面，好像感到甚麼大事即將發生。

「咚！」幾乎跳了出來，我的心！終於見到玉龍真品！玻璃櫃中，小小的、扁扁的虬龍，五千三百年前未有銅鐵工具，如何琢出？最珍稀的是那一對角，新石器時代出土玉

含山博物館

龍極罕見的醒目龍角，龍頭像水牛、像鱷魚，比紅山、良渚的玉龍，更像後世的龍形，彌足珍貴。展櫃中的玉龍，清洗過，有了欲看不透的美感，滲出溫潤的玉光。只是，我更喜歡古玉圖片上這玉龍沾點泥的古樸滄桑。

回程的出租車上，司機和我都很快樂，大家都是第一次。他穿着藍色風褸，一點都不憂鬱，有說有笑，還問我換了一張紫色的塑膠十元紙幣留念；而我，已忘了付給他多少車費。

第三輯

易象

易象

坤

「悄悄告訴你，我剛才真的很害怕。」

她雙腳踏在堅實的大地後，邊走邊在我身邊輕聲說，我噗哧一聲笑了出來，馬上拿出手機，準備在「熄爐」打字。她說：「錄音吧。」然後教我怎麼操作手機的錄音鍵，我忍不住一輪嘴笑着說：「你阿媽要我陪她行山，剛才拉着繩子爬一個小山坡，她嚇得死雞一樣。我伸手過去扶她，她大叫：『不要碰我！不要碰我！』」

剛才，我們越過「梅林洞天」的大岩石，沿着水泥路上山，她說要看梅子林的古藤。時已中午，十一月的太陽在天的正中，萬物金燦燦亮閃閃現形。將到「小雪」的節氣，香港竟還有點熱，沿路沒有甚麼遮蔭的地方，我問她要了一頂鴨舌帽，很快喝了半瓶冰凍的寶礦力。

終於來到梅子林村口，卻有兩條路。她問我走左邊還是右邊？我說隨便。她說，左邊吧，樹蔭多些。然後，我們很快被一列銀色的圍欄、鎖鏈鎖住的鐵門擋住去路，只能抓住左邊樹椏間一段一段弧形垂懸的繩子，側着身子小心翼翼攀上一塊大岩石。我輕輕鬆鬆過去了，站在大岩石上叫她抓着繩子過來。她在起步點抓着繩子，卻不敢移動，一臉驚慌。我只得抓着繩子走回去，在身邊護着她，教她左腳先踏哪裏，右腳再踏哪裏；可是到了半途，在較難跨越的崖石上，她忽然面紅耳赤啞啞大叫；我連忙把手伸向她，叫她抓住。她竟然不肯，好像想哭的樣子，眉頭緊皺，一臉通紅：「不要碰我！不要碰我！」我回頭看看，「懸崖」下只是些矮小的灌木。但她還是在我的守護下，腳踏崖邊，一點一點移動，最終攀上了大岩石。她放鬆了，自豪地笑，但很快又在另一邊抓着繩子爬下大岩石時「不行」、「不行」地驚慌叫着。

我們，最終沒有去到梅子林，沒有見到巨大的樹藤——爬下大岩石，走了幾段石梯山路，她停住了，仰首望了望小水潭後並不險峭的山坡，廢然回頭：「不去了。」我忍不住在下山的水泥路上按着手機的錄音鍵笑着說：「下面又不是懸崖峭壁，這也怕，以後不用行山了！」她聽到我向兒女「報告」她的糗事，幸福地傻笑。然後，我上載了她抓着樹椏間的繩子回到起點時彎着腰不停笑的照片，打下這些字：「克服了挑戰，媽媽從『死雞』變笑爆嘴，係咁喪笑！👍😌😘」

不知為甚麼，我十分「回味」她不要碰我、一臉驚慌的樣子——想到這個女人，本來是千依百順的，約她大清早從沙田來華富邨陪我飲茶，她天未亮就來到酒樓，還喜氣洋洋地笑着，十足喜宴席上伴碟的蘭花。自從我娶了她她就越來越惡，我說去東北，她就說去西南，還得色地說：「係呀，我係鍾意去西南呀！」——就忍不住要取笑她。

她溫柔地解釋：「我們走那條路前，不是問過一個從左邊路迎面而來的男人嗎？他說左右兩條路都可以去到梅子林，右邊的走五十五分鐘，有很多石級；左邊的走一小時十分，樹蔭多些。我知道你怕熱，就說走樹蔭多的那條路囉，我怎知道那個男人不知道我……」

「這麼雞屎。」我接口。

她笑了。然後我又取笑她慌失失大叫：「不要碰我！不要碰我！」

她笑了：「我怕會掉下山崖，抓着你一起……真的……。」

震

我們會擁有屬於自己的房子嗎？讀過葉慈〈湖心的茵島〉，我總會憧憬用泥土和枝條，蓋一間小茅屋。大學畢業前，我在大埔尾村一幢百年老屋中，終於有了自己開着一扇破窗的小房間。

出村和入村都要走那條斜度十足的水泥路，老屋隱伏谷中，山的玄牝，閉藏深處，不動聲息。我常常一個人守在昏黃的枱燈前，對着一面油漆剝落的牆壁靜靜讀書。最難忘是雷雨之夜，一聲巨響，轟！山谷震動，我的房子顫動。我正在吃晚飯，樑塵沙沙落下，落在碟子上的排骨、碗中的白飯。我收拾未吃完的飯菜，洗淨碗碟，看白瓷上閃着寧靜好看的水光。然後我站在破窗前看盛怒的黑夜突然激亮的電光，天地放心哭；回想某個午夜，雷電交擊，下了小巴進村，頭戴超級市場的塑料袋，在暴雨中如瘦馬狂奔，卻見濛濛夜空，一閃一閃的電鞭揮擊下界，一條條怖亮的金龍直撲遠山，陰陽交，雷出地奮，滾撞山谷——史書記載的神異時刻，玄牝動，風雲湧，龍門開——嚓的一聲，斜路怖亮，我的瞳孔放大，大黑暗中映進路邊一個一個異常光亮的屋形墳墓、墓中瓦盆覆蓋的金塔，轟！

終於等到一個晴朗的夜晚，我打開兩扇木門，拉開院子的鐵欄，送你離開。村路陰暗，我亮着手電筒照着前路，草叢刷的一聲，一條黑蛇竄過，嚇得我們停住腳步，你緊緊抓着我的手臂。黑蛇過去了，沒走上十步，手電筒的光柱迎上了一條擋在小路中心、盤蜷不動的青竹蛇。你說：「有毒的，怎麼辦？你怎會住在那麼多蛇的地方？」但我們還是越過了青竹蛇、撐上了長長的斜路。我把你送到村口，望着你上了車，巴士駛向寬闊的大路；回頭俯瞰靜伏谷底的大埔尾村，眺望騰躍欲奔的遠山——我看見三月的春日凌晨，你挺着些微水腫的雙腳、即將臨盆的厚腹，數算着陣痛的時間，說：「要到醫院了。」我喚醒還在熟睡的兒子，為他換好衣服。貓子睡眼惺忪，懵懵懂懂，我說：「你快要做哥哥了。」兩歲的兒子站在紫光濴濴的大魚缸前，望着那些游來游去的七彩神仙，學着爸爸的口脗，指着游過的小魚說：「鴿子紅、大餅仔……」然後我打開家門，我們仨出發去醫院了。

第二天，我帶着長子回來。在醫院的床前，你怪我遲到，「有沒有搞錯？……」裝出生氣的樣子。我溫柔地解釋：「兒子出生，我等了十多個小時，我怎知道……如果知道……？」你後來總是說：「你聽到是個女兒，開心得跳了起來。」

艮

生命中總有連綿起伏的大山，有時擋在前面，升起濃霧；有時把風雨、風沙擋在後面，山色青得可以洗心。

你問，為甚麼會在山中迷路？我說，因為老師不肯回頭，堅持要走到純陽峰。那天早上，我穿上白色的長褲、大紅的T恤，T恤的左右臂都有我親自縫上的圓形虎頭徽章。同學在火車站見到我，莫不嘩然：「你這是行山嗎？傻佬！」那是我第一次行旅於山中，二十多個中二學生跟着班主任爬八仙嶺。老師說：「八仙嶺有八個山峰，也有人數出九個，八還是九，我分不清。」我們離天空越來越近，終於爬到山頂，走過一個一個頂峰。下午四時，我們仍不知在哪一個峰頭，而霧開始從遠處的峰嶺飄過來；我有點擔心，建議回頭，沿來時的徑路下山；老師説，他以前走過這條路，繼續走，便會走到純陽峰，那峰的山路並不險峭，很快走到山下。但天色更快黑下來，直到晚上八時，我們仍走在黑暗的山中，互相扶持，小心翼翼抓着樹枝探路而下，不時響起小石從鬆脱的泥土剝落，滾下山坡的聲音。檸檬黃的新月掛在天邊，疏星一閃一閃眨着鬼眼；我們靜下來時，聽到蟲聲唧唧。這時候，我白色的長褲在黑夜中反光閃亮，老師叫我走在中間，讓前後的人都可以在黑暗的樹叢裏看見相認的「白光」，不致掉隊，安心些。八仙嶺關上了崇高的門闕，把我們重重圍困。九點鐘，我們還迷路於山中，同學越發驚恐，但沒人哭。有人説幸好我穿了白色的長褲；有人高呼「救命」；有人大力吹響求救的哨子；有人不斷按亮照相機的閃光燈。我們帶來的乾糧和水都吃光喝光了，飢渴疲累。救命！有沒有人啊！救命！終於有人回應——附近露營的團契循聲尋來，把我們帶離險境。

多少年後呢，我把你帶到八仙嶺來了，兩個人，你一邊攀山，一邊聽我講述在八仙嶺迷路的故事。我說，晴日的午後，在中人知行樓的宿舍，隔海看山，山徑隱隱有人影移動；天高雲遠，山青水藍，我受不了誘惑，終於在某天下午，沒有水沒有地圖沒有指南針，一個人來到山腳，見路就走，胡亂爬到仙姑峰頂，然後沿來時的山路一跳一跳迅速跳到山下。我說，我曾一個人爬到山頂，來過的，不要怕。但樹木越來越少，山路越來越難行。我看見你的臉由不自然變成驚恐。

回頭嗎？我問。

你說，走吧。

走到險峭的馬騮崖下，仰望巨大高峻的崖石，你好像緩緩步向刑場的臉，使我不忍。

回頭嗎？我問。

走吧，你說。

然後我們繼續上攀了。這是要用雙手攀抓崖石的路段，我運指力抓石，爬到一塊大岩石上，回頭把手垂向你；你伸盡手臂也觸不到我的手指。我爬回石下，在後面教你一步一步上爬，右手先抓哪裏，左腳再踏哪裏，但你還是爬不上大岩石；我伸出雙掌，用力把你推上去，你終於爬上了寫着「翔鷹」二字的崖上。

舉足回看百嶺低——我們站在仙姑峰之巔，不能再上了，也不能再染指別的峰頭。天下有山，在崖邊俯瞰潮去潮來的赤門海峽、柔藍紗軟的吐露港，近岸安穩的一排排水屋變成了可愛的玩具模型——你終於笑了。而對岸，中文大學的山上，一座樓的一間房裏，窗前一雙尋山訪水的眼睛，找到了一脈長藤垂下的山路：

探路進山，循腳印踩出的隱約小徑

走到盡頭會是哪一個峰頭呢？
荊棘與落葉，腿間絆纏着野蔓與亂草
風吹起一片松濤
叢叢碧青的松針外，雲移天靜
這身影將幻入時間的水墨
濃黑中的虛白，濛濛水光的呼息
回頭問你累不累，野路可沒有亭子呢
（看畫的人在疏樹和山石間）
跟着我，會不會擔心迷路？
多少年隔海看山
不知道山中和山外的風景，而我們

尋找風景，成了風景

山盤水繞，頭上寒煙升起，我老了

你在後面說：走吧。

剝

導演叫我跳起，摘一個柚子。吸氣，用力一躍，雙手抓住一個低枝的柚子，猛力剝扯，枝葉顛搖，沙沙作響；柚子剝落，掉到地上，眼鏡也幾乎掉下，我連忙舉起雙手抓穩眼鏡臂，嘴角顫動，幾乎笑了出來——這個鏡頭，竟然出了街。

導演把青澀的柚子放在桌上，遞來一柄小刀，叫我把柚子切開。我一刀一刀把皮層極厚的柚子分成兩瓣，連中心的幾粒果核都迎着刀鋒分開了。導演叫我觀察柚子，與柚子對望，我觀察了一會，忽然若有發現的瞪大了眼睛——這個意外的眼神，導演喜歡，切柚的過程，自然出了街。

我以為導演請我帶他們看一看那幢百年老屋，實地了解場景，準備拍攝工作——為甚麼到了現場，他叫我做甚麼我就做甚麼，糊裏糊塗成了臨時演員？

搬離了大埔尾村，八年後，我第一次回去，因為香港電台要拍攝《寫意空間・詩人觀柚》。

「可能那老屋已經倒塌。」未到現場，我說。

我在「拙匠樓」住了一年多，把屋租給我們的老婆婆，每逢颱風來臨，總是語帶憂慮的叫我們搬走，怕這屋塌下，把我們活活壓死。躺在床上，望着樑瓦發楞。搬來前，我的房間只有床架，不知甚麼人用過。床腳堅實，沒有剝蝕；床頭完好，有形有相；奇怪的是沒有床面，要重新添置。窗玻璃破裂，風雨入室；部分牆壁油漆剝落，見到磚頭；但最高的棟，只有幾個小孔，雖然有幾條桁給白蟻蛀得斑駁欲裂，但大部分完好，還鬆了白漆。風雨之夜，時見飛蟻，有的降落地面，甩掉翅膀，四處爬動。而暴雨來襲，連夢都淅瀝潮濕，連綿的滴答，把我驚醒，連忙從廚房翻出紅色的塑料桶，以中虛的心接盛瓦頂的漏雨，滴……答……滴……答……，滴……答……滴……答……。一痕一痕的雨水又從屋頂的牆壁爬下來，靈動有韻的屋漏痕，漏進掛在牆上的油畫《拖着長臂的婦人》懷裏，溢到框外，濡濡而下，形成更長的、水光瀉瀉的臂膀。我彷彿聽到不勝負荷的婦人幽黑着臉嘀咕：看看你的房子，爛成這個樣子，看看我！悠悠忽忽，若夢若醒，天長地久的水滴越來越輕，越來越細，潛入了我未來的日夜。於是趁天晴，我拿出了原稿紙，在這破屋中開始創作〈柚子三題〉，從〈觀柚〉、〈孤柚〉到〈碧柚〉，柚樹的根撐出了原稿紙，伸展到老屋的四壁，升起一根一根柱幹，枝葉瘋狂生長，結滿纍纍的果實，又在秋後破突一聲墜落，一個一個柚子被「霜降」的陰氣剝下，有的掉在草地，有的滾到溝渠，在陽光的烤炙陣雨的洗濯寒氣的針鞭間剝除了裝飾，腐爛洞穿，散發酒的甜香，引來一隻一隻在果肉的孔洞中進出的黑蟻、黃蜂。然而當我從原稿紙青綠的井田中抬頭仰望，總看見剝盡落柚的叢叢柚樹之巔，懸着一個豐盈的高柚，金燦燦滿在黑暗的中天——如此壯碩，如宮如室，上棟下宇；而我在下面全神耕耘，靈感山崩地裂，風起雲湧，靜待——雷在天上，穀雨決降。

乾

來到廣州地鐵站的售票機前，正要購票，一對中年夫婦走過來，男的給我看他黑色手提包上的一横刀痕，説給人鎅了袋，錢包被偷，沒有錢搭車。我給了他五元，他説不夠，要二十元搭的士。

「我也只是搭地鐵，為甚麼你給人鎅了袋，卻要打的？」心裏起疑，轉身去找票務員，還未找到票務員，一轉身，那對中年夫婦已無影無蹤。

回到香港，向妻子報告事情的始末，說自己變聰明了。

「為甚麼又是你？」妻子說，「上一次呢？」

上一次，我在深圳機場的旅客登機大堂，準備搭飛機去南昌看博物館；一個中年男人焦急地走前來，說旅行團在甘肅遇到交通意外，受傷的友人急需錢運回香港醫病，問我借四百元。他說他住在賣魚街，一口氣把長長的地址唸了出來，街名門牌號數俱全，說回到香港一定會把錢還給我，還抄下我的電話號碼。我給了他四百元，他轉身走向另一條通道。

「為甚麼又是你？」妻子沒好氣地問。

「他說他住在賣魚街，還背書似的把長長的地址說出來，我就信了他囉，我怎知道他知道我鍾意魚，還常常去賣魚街買魚？——你說像不像上天安排？整定的！」

「你做了豬就說是上天安排，那上一次呢？」

上一次，我到蘇州公幹，晚上在蘇州大學門外，走在前面的少女忽然蹲在地上，捂着肚子。我問她甚麼事，她說胃痛，沒錢吃晚飯，還有兩個同學，都未吃晚飯，沒錢搭火車回鄉。隨即有兩個樣子和衣著都十分誠樸的少女走前來。我帶她們到便利店買了一些麵包糕點，她們拆開了包裝袋吃着，吃完，我給了她們七百元買火車票。」

第二天晚上，我又見到昨晚說胃痛的少女在蘇州大學門外徘徊，還化了妝，我就知道上當了。

「為甚麼又是你？」妻子笑着說，「有樣睇的，看見你戴着眼鏡成個書生款，一看就知是個容易受騙的男人，唔呃你呃邊個？」

可我總覺得自己不是那麼「弱雞」的。我玩古玉，交了一些「學費」就自覺適可而止，不能沉迷買玉，只到博物館看：紅山、淩家灘、良渚、龍山、石家河、商周戰漢、唐代的金鑲玉……。戰漢玉器上的龍紋，霸氣昂揚的動態、炯炯有神的目光、勁健的肌肉、非凡的氣勢、陽剛之美，令人心動，鋒鋭剛勁的線條，後世玉器更是難得一見。要多少年的功力、耐心的切磋，才能在堅硬的和田玉上琢出如此剛勁的線條？所以我堅信，從事藝術創作不能只靠創新的意念，藝術家既要終日乾乾，累積經驗、功力，順着個人內在的特質發揮獨特之處，還要在各方面增益技能，求變化，自強不息，才能「或躍在淵」，可望再上一層，進入天道。

——導演把一張老舊的高凳搬到院外，在方形凳板的中央，立一個渾圓的、青中帶黃的柚子，然後叫我半跪，俯身凝視着它，就像羅丹《地獄之門》坐在十字架上的沉思者。柚子很大，大得遮着我的臉，只露出額頭。攝影機開始在圓形的軌道上旋轉，我捧起柚子，放到鼻子前，聞到天的冰寒、地的溫厚。旋轉旋轉不斷旋轉，內心的果肉脹到極邊緣——天道曰圓，地道曰方，龍馬負圖，蹄聲得得。我第一塊買的古玉是璧，最後買的古玉也是一塊璧。璧的外圍是一個大圓，寒來暑往，方在其中隱藏；而中心的小圓，混沌虛空，極中淳和之氣，形而上之道，陰陽交會變化；形而下之器，一星在中，四象拱旋——天者清明無形而龍在焉。

泰

我總感到我們一定在九肚山有過一次奇異的交會：我在山上沿路而下，你在山下沿路而上，擦身而過的一刻，我忽然有一種恍惚的、震顫的感覺——當我轉身的時候，看見你已然轉身，站在上面，奇怪地望着我。而我們，怎會發展到這樣的地步？

你總說我沒有約過你燭光晚餐，你總說我不會主動約你去郊遊，你說：你最喜歡約我——

「去街市買菜。」

鄰居L先生在路上見到我們提着蘿蔔菜心青瓜韮黃一袋二袋蔬菜，豎起了大拇指。和T先生T太太在路上聊了一會，我讚歎：「他們真恩愛，總是結伴去跑步、打網球！」你即時接上：他們也會說，啊，王生王太真恩愛，經常出雙入對——

「去街市買菜。」

你說我不會用洗衣機，不會按有線電視動物台，不會用手機下載「鴨屎」。我說，我會寫詩，會打鷹爪拳，會欣賞古玉；忽然靈機一觸，笑着加一句：「錢鍾書都不會換電燈泡啦！」

你投訴我肚腩大，我說L先生的肚腩大過籃球。

「我說的是你，你總愛拿別人來比較！他又不是我老公！」

我只好括囊，「幸福」地笑着。

你對兒女說，未嫁我之前，見到我在新屋抹地板洗廁所，覺得這個男人嫁得過；誰知嫁了我，才知道我不愛做家務，懷孕時還要挺着肚子抹地！

我對兒女說，你阿媽「氹」我結婚後不用上班，可以專心寫作；誰知我娶了她，她就要我做到退休！她聽後鬼鬼的笑着說：「這你也信？」然後我們都高聲說被他／她騙了。

兒子說：「冇你吔咁好氣。」

女兒搖着頭說：「真係唔得！真係唔得！」就像平日在外用膳，回家慨嘆食物質素太差。我笑着問：「是媽媽唔得還是爸爸唔得？」她笑了笑，不答腔。

於是我的記憶回到從前，念大學時，你在八佰伴超級市場做暑期工，我中午來找你，見到你戴着金魚眼鏡，抓着銀色的機械臂用力向下拉，尷尬地笑着。買菠蘿的女人笑着說：「佢唔夠力開菠蘿。」然後又到撬開滿身尖釘的榴槤，你手騰腳震，又尷尬地笑着。午膳時，我們在好運中心的「小巴黎」吃香茅豬扒飯、越南湯河、粉卷、飲椰青，吃得津津有味。大學畢業後第一個農曆新年，到沙田第一城探一個剛買了房子剛結婚的同學，才意識到我們大概也可以「買」房子，當晚就去地產公司，本來只抱着看看也無妨的心理；誰知兩個從未見過漂亮房子的人，竟然被一間裝修清雅、射燈照着兩排書架的小房子震懾了，當下就簽了臨時買賣合約。然後是銀行估價不足，才知道買貴了，若不是拿了幾個文學獎，把獎金儲起來，連首期都不夠。而供樓的利息超過十厘，九成供款都是還利息，二十年……。

某天中午，我們買了兩小盒鮮奶、一個麵包，坐在第一城超級市場門外。還未拆開包裝袋，卻見你低下頭，流着淚，小聲說：「以後，我們就要節衣縮食過日子了。」

我說：「對不起，都是我一時衝動，沒有想清楚。」

但我們還是在明亮新潔的「貓貓軒」，開始了平凡的生活。我在房間裏看書，對着從未見過的美麗牆紙，總是昏昏暈暈的感到一切都不真實——我明明每天對着油漆剝落、露出磚頭的牆壁，為甚麼雙臂觸到的書桌這樣光滑、木紋這樣漂亮？這真是我們的家嗎？然後你成了我的新娘，然後你陪我尋找作家的故居、墓地，陪我看博物館的古玉。一九九八年歐遊，一次又一次被里爾克感召，在瑞士，我們改變行程——你陪着我去拉龍（Raron）尋里爾克墓、去謝爾（Sierre）訪里爾克博物館。在陌生的山區，有時走進了掘頭路，有時走進了美麗的葡萄園，兜兜轉轉，上山下山，摸索了幾個小時，終於來到里爾克創作〈給奧菲的十四行詩〉、〈杜英諾哀歌〉的穆佐古堡（Muzot Castle），你笑着分享我的喜悅。而每次外遊，你總是照顧我的興趣，我說要到美加的博物館看中華美玉，你就計劃行程，訂機票酒店火車票，還不斷上網查資料，除了我提到的幾個博物館，你說某個地方的博物館也有古玉，你想不想看？而到了那些博物館，我在看玉、拍照時，你總會四處看，回來告訴我，某個展廳還有古玉，是戰漢的；而你，從不催我，看累了，就在展廳外的長凳上歪着頭小睡。在南韓首爾國家博物館，我欣賞着在平壤出土的漢代玉劍飾、玉璧、玉豬、玉九竅塞、龍紋金帶扣，眼睛發亮；不喜看文物的兒女聽從母親的安排在博物館依路線「游目四顧」，悶了一個下午，喜聞爸爸終於說看完了，正要離去，我忽然發現還有一個展廳未看，兒子和女兒同時驚呼：「慘啦！」你着他們忍耐，等爸爸看完，三個人又坐在展廳外的長凳上「午睡」。

S帶着羨慕又不忿的語氣笑着說：「我和太太在布拉格的卡夫卡博物館看不了多久，她就不斷催促：『走得未？走得未？』三十幾個卡夫卡文學景點，我只看了一個。老師，你就好啦；你看我，又要教書又要帶隊去大陸交流又要寫研究計劃，請不到菲傭還有大把家務要做，晚上為兒子洗完澡，哄他們睡覺後才能靜下來工作，真係冇覺好瞓……；沒有師母？哼，火燒後欄，看你還怎樣專心寫作、飛來飛去看博物館！」我聽後，禁不住幸福地笑着。

然而很快的，又一次來到生命的懸崖——父親離世，我終日惶恐痛哭，精神越發委靡。你陪我到金鐘香港公園散心，亭瀑噴泉，雲浮鳥飛，你以為我會好起來。在公園裏，忽然感到心胸閉塞，無端驚恐，頭快要爆開，自覺精神狀態到了臨界點的巨大凶險：「我覺得我的頭快要爆開了，好辛苦！不是說笑，我的頭好像快要爆開了！」四姊不斷從whatsapp傳來法師講道的錄像、佛家的生死名言，教我打坐唸《心經》，注意呼吸，又帶我去參加法會、聽法師講經，還送了一個蒲團給我。深夜，我盤腿坐在蒲團上，面對窗外的夜空，閉上眼睛；清晨，我盤腿坐在蒲團上，面對窗外的微曦，閉上眼睛。觀自在菩薩，行深般若波羅蜜多時，照見五蘊皆空……不生不滅，不垢不淨，不增不減……。注意力集中鼻子，一呼一吸；我慢慢感到自己的靈台上，有兩個光明的球體往復升降，明入地中，明出地上，晦其明，利艱貞，失得勿恤……。七八天後，我感到頭腦中高升的水銀柱正一點一點下降，內心終於有了些微的平安，我知道自己又過了一關

仰望峰巒，遇到下山的樵夫
斧在腰間，兩肩疏落的枯枝
雲煙外，誰在燒水，烹茶？
誰在下棋，移動棋子？
誰從容落墨，在我的眼前升起
一座新的青山？

伏戎于莽，升其高陵；你和她登上了我的高陵，在懸崖邊抓住我，沒有放手。

還記得你第一次帶我回家見父母，是正月初二，已到「立春」，太陽到達黃經 315。之時，東北「艮」卦，「坎」過「大寒」盡，萬物所成終而所成始；再過九天，就迎來天氣下降，地氣上升，天地交泰的「雨水」，草木萌動，萬物甦生。那時你的父親，比我今天還小幾歲。沒想到太極圖上，S 生命曲線移動，無形的游標一轉，我的父母，你的父母，已成飛灰；再一輪轉，世間已無你我。有時想，我斷氣的一刻，會看見甚麼人、甚麼物，聽到甚麼聲音？——无平不陂，无往不復；三十年後，陽光普照的中午，我最後一次見到那幢老屋，半個廚房的樑瓦磚石倒塌，屋頂爬滿青綠的藤蔓，一蓬蓬下垂。圍欄外的高樹，串串紫花盛開，彎進寂靜的廢園。微風送來看不見的種子，落在院子水泥地的縫隙，處處長出高與人齊的野雞冠，紫紅的花莖，閃閃生輝；在這最後的時辰，我竟見到最美的大埔尾。還有你，我的如花，搖着尾巴輕輕躍上石壆，回過頭來，輪迴轉世對上了恍惚的目光：「永定，老地方等你。」

於是我點亮了一根蠟燭，固定在柚皮燈籠的中心。夜深如許，我們上了船，聞到柚皮的香氣，在風濤與波聲中飄浮——我見到我和你，在鄭州的黃河乘着小方舟，把手掌伸進黃亮的河水；在麗江幽暗的河邊放下一盞明滅的蓮燈；我抱着兒子，你抱着女兒在城門河畔看賽龍船——如霧起時，鑼鼓喧天，無往不通，一起飄過動盪多變的塵世。

三十年後，我最後一次見到那幢老屋

我的如花，搖着尾巴輕輕躍上石壁，回過頭來

第四輯

樂海崖的黃昏

我認識的夜就不再是黑夜了

一

總覺這不是一次普通的旅遊。一把聲音說：好好觀察，你不是想認識更廣大的世界嗎？但芬蘭，二十年前去過了，感覺不及冰島和挪威美。為甚麼我還要去芬蘭？我不是過着幸福的生活嗎？第一次乘坐芬蘭航空，經濟艙的機位，椅子可以調校至讓人斜躺着睡；搭飛機四十年，第一次見識這樣人性化的經濟艙，十小時的航程，睡得舒適，到了赫爾辛基，竟然精神奕奕，感覺和坐商務客位差不多。航機提供的藍莓乳酪，更改變了我對乳酪的觀感——一向不喜吃乳酪，而我竟然半夜問空姐多要了一杯。到了赫爾辛基機場，牆壁是大幅溫暖的木板，北歐樸素的椅桌、几柱，簡淨不爭。

妻子說，想試試住冰屋、坐雪狗拉的雪橇：「還可以坐船出海捉帝王蟹喎！」

她知道我喜歡海，用大海引誘我。我在網上見過捕帝王蟹的船，在波濤洶湧的暗夜作業，大船顛簸得像會隨時翻轉，海浪劈哩啪啦撞擊船舷，轟然星碎。巨大的方扁鐵籠，隨着電動絞索拉到船上，籠裏滿是帝王蟹。

「不行，你不會游泳，在海洋公園坐海盜船，下船就吐，怎能出海去捉蟹？」

但我們還是來到冰天雪地的芬蘭了，並且很快住進了羅凡尼米的「冰屋」——其實是玻璃圓頂酒店，是妻子弄錯了。她老是說冰屋、冰屋——屋中一塊冰都沒有，屋外滿是白皚皚的積雪。玻璃圓頂酒店是一間一間分開、外形像飛碟的小屋，躺在床上可以在夜裏看星、看疑幻似真的北極光——幸運的話。晚上，我躺在溫暖的床上，只見通透的玻璃屋頂，夜空暗藍，有點霧氣，沒有極光的魅影，稀疏的幾顆星，叫不出名字。

羅凡尼米的「冰屋」

平和的等待，眼中滿天星光——我和她躺在甲板上，只見密麻麻、銀閃閃的星星，掛滿天空；那是捕滿露珠的蜘蛛網，又冷又濕。流星閃過，趕緊閉目許願——許過的願望已經遺忘。我在光害嚴重的香港長大，從未見過滿天星斗的夜空，更從未見過流星。那是上世紀八十年代中，我大學畢業前，和她從廣州乘夜船到海南島，一探荒涼的天涯海角。那次行程，最美的記憶是星；每次回想，總覺得那夜的星光都帶着香氣和甜味。

第二次置身相似的星光夜，已是大學畢業後十多年，在雲南。參加中華文化促進中心主辦的雲南文化考察之旅，其中一站是香格里拉，《消失的地平線》中的世外桃源。沿途卻見到山上的樹木，只餘一截一截的樹樁。晚上來到一個山寨，大家圍坐廳堂喝酒，欣賞穿着民族服的年輕男女彈琴歌舞，有的團友給拉到當中，身子隨節拍搖動起來。席間，我想小解，小伙子叫我到門外隨便找個地方。樂聲漸遠，推開門，門外是廣大神奇的黑夜，只見村寨山間，滿天的星爬得低低的——歌盡桃花扇底風，小小的柴門外，一天寧靜的星。

今天會有第三個星光夜嗎?想着想着,迷迷糊糊沉入了通透澄明的深藍。

第二天吃早餐的時候,團友都在問:你看到極光嗎?你看到星星嗎?

二

下午,領隊帶我們走進一間公司,在裏面換上特製的連身保暖衣、鞋襪、手套。我期待的冰上釣魚即將開始。我會釣到甚麼魚呢?要是四五十斤的大魚,得要好好搏鬥——一個人可以被摧毀,但是不能被打敗;雖然在香港,我最佳的戰績,只釣到一斤半的「大」魚。但芬蘭比香港大三百倍,能釣到更大的魚,完全是合理的期望。天色很快黑下來,在下午釣「夜」魚,還是第一次。我們魚貫上車,車子在冰天雪地中昂然前進——我緊張得掉進了波濤洶湧的大海。我不怕——小時候,我不怕海。

我念幼稚園的時候，已經夠膽一個人去西邊街的碼頭釣魚。那時我喜歡看大人用粗麻繩，把一個大大的竹籮墜到海中，籮裏有幾塊石頭，籮底有竹篾夾住的麵包皮。在海底敞開胸懷的竹籮，香氣四溢，誘惑着貪吃的魚；時間到了，悠悠晃晃一點一點上升，未拉到碼頭上，已聽到噠噠噠噠的聲音。我抓着欄杆，低頭緊盯着越升越高的竹籮，好羨慕啊——只見籮裏幾十條泥鯭，鮮蹦活跳，有的還豎起了背上、腹間有毒的尖刺。後來搬到華富邨，柔藍的海，成了一個小二學生的天堂。我在石灘學會游泳，學會用單鈎釣魚。那是香港人幸福指數開始上升的年代吧？我們從板間房搬到四百呎的廉租屋，家裏有了電視機、電冰箱、電飯煲，火水爐換了煤氣爐，姚蘇蓉的〈今天不回家〉變成溫拿的sha-la-la-la-la。那時候，我最喜歡看《泰山》、《魯賓遜漂流記》、《小人國與大人國》，我的世界好像越來越大。有一套外國電視劇，講一個少年捉草蜢，划着小艇來到一個荒島，在島上找到未被發現的、新品種的草蜢——我也要找到這樣的荒島！念中學時，終於儲夠錢，買了一隻黃色的橡皮艇，常常一個人划着橡皮艇在華富邨的石灘外釣魚，夢想流浪。但我最大的「收穫」不是魚，是詩——第九屆青年文學獎，新詩初級組十二首詩得獎，我一個人佔了七首，獲冠軍的詩是〈流浪人語〉，其中一首獲推薦發表獎的詩，是〈海之歌〉。那一年我十八歲，我的橡皮艇觸礁漏氣，貼了膠布還是漏氣，不能出海了。我幻想自己在黑夜獨自駕着小船遠航，在暴風雨中經歷艱危，拉帆扯索，掌心結痂，憑着南十字星的引領，飛越洶湧的黑潮——第四屆中文文學創作獎，我的詩作〈飛越洶湧的黑潮〉，獲新詩組亞軍——還是船，還是海；所以，我的妻子狡黠地笑說——「還可以坐船出海捉帝王蟹喎！」

終於，我們來到了海邊，不，湖邊。不是大海，是大湖。湖水結成冰，我們在上面行走，幾個芬蘭人頭戴射燈帽，導遊拿着電筒，教我們鑽冰釣魚。天已經全黑了，只有湖面一片暗沉的茫茫白。我們人手一根長長的金屬冰鑽，尖尖的鑽嘴上，是一排螺旋上升的鋼片。示範的中年男人，轉動冰鑽上的橫柄，旋着鑽着，冰鑽忽然向下一墜，冰層鑽穿了。就是這麼容易，他說。然後，他拿出了釣具和魚餌。我一看，整個人「謝」了——小孩子玩的塑膠短魚竿，魚餌是紅色、像小蟲的塑膠假餌——這樣的釣竿，能釣甚麼魚？他把單鈎沉到冰洞中，做着釣魚的動作。就是這麼容易，他說。很快，近岸的冰湖，這一處，那一處，響起刷刷刷要鑽穿冰湖的聲音。妻子拿着冰鑽，鑽了很久，只鑽開了一點冰面，原來她的那根冰鑽是壞的，換了一根，但她還是不夠力氣鑽開冰層，而我已鑽了兩三個釣洞。時光急速回帶，青春常駐，我們變回小孩，我和她輪流提着塑膠釣竿，做着釣魚的動作，兩小無猜。釣勝於魚嗎？只見三四團友提早投降，返回岸邊，電筒燈光、手機燈光在湖面上游來游去。微風路過，問我漁獲幾何——一下小魚咬餌的感覺都沒有。「釣」了一會，興味索然。半小時過去，仍沒有一個團友釣到魚。我問導遊，你帶團多年，究竟有沒有團友在這裏釣到魚？他說有。多不多？不多。多大？

兩三吋。我的心立時「切」了一聲，手做着收絲的動作。最後，所有人都來到岸邊的木屋，圍着火爐取暖，喝咖啡，吃香腸。得腸忘魚，雪夜湖邊共話，爐火閃閃，湖水深靜，倒是很有野趣。

其實我是不該抱任何期望的，幾天前不是「捉」了帝王蟹嗎？導遊領着我們來到結冰的海邊，我還擔心海水都結冰了，怎麼出航？難道要乘破冰船？直到大家緩步來到一片「水域」——已鑿了幾個圓形冰洞，洞口用幾枝木竿圓椎形圍住，不讓人走近。極目四望，這裏，一艘船都沒有。導遊説，他們已早一天幫我們把帝王蟹捉來了，就放在冰洞中；然後，兩個男人開始在洞口外做着拉扯繩索的動作；就像我小時候，在西邊街碼頭看見的那樣，只是，我們不能走近。沒有桅杆與船帆搖撼轟鳴、隆然星碎的白浪、雷霆霹靂、顛簸暈眩，不須飛越洶湧的黑潮——輕輕的，緩緩的，一個方扁的鐵籠從冰洞中升起、出水，裏面滿是帝王蟹。

男人把幾隻帝王蟹捉出來，讓團友輪流用雙手抓着蟹腳，把巨大的蟹舉到胸前拍照，十分威風。我問妻子，不是坐船出海捉帝王蟹嗎？我們是不是被騙了？印象中，宣傳單張的圖片是有船的。這是我和妻子回到香港還爭辯的問題。她說我記錯了，拿出行程表給我看，封面是四隻拉着雪橇的哈士奇，沒有船的照片。後面一頁，充滿吸引力的標題寫着「捕抓帝王蟹」，內文的小字卻是「親手捉住帝王蟹」！——「還可以坐船出海捉帝王蟹嗎！」我不忿，查《說文》：「捉，搤也。从手足聲。一曰握也。」再查「搤」，《說文》：「捉也。」《漢語大詞典》：「同『扼』，捉住。」原來「捉」帝王蟹是這個意思。全團人，大概只有我和妻子沒有親手「捉住」帝王蟹拍照。

三

又來到那間公司，在裏面換上特製的連身保暖衣、鞋襪、手套。大家都很失望，說一直看不到極光，不知還有沒有機會來芬蘭。最後一個機會，自費參加追蹤北極光之旅，全團人都參加了。導遊說，要坐一小時車，目的地是最能看到極光的森林區。

小旅遊車把我們送進森林。下車後，工作人員引路，很快，我們走進了童話世界夢幻迷離的燈路——雪徑兩旁，每隔一段距離，放着一個玻璃燈座，裏面燃着明亮的燭火。黑夜中路軌似的燈光，引領我們上山，不怕迷路，燈外是高高的松杉的樹影和烏藍的天空。一隻夜遊的鳥都沒有。

「嗚——」有人扮狼叫。

狼的叫聲彷彿從波蘭斯基《天師捉妖》的森林中傳來，變成童話故事《小紅帽》中大野狼的聲音——小紅帽提着籃子，離開母親，走出家門，就遇到假冒、偽裝的凶險。誰都知道，大野狼很快會露出吃人的兇相，小紅帽很快會被大野狼吃掉。獵人呢？獵人呢？四周是高高的松杉的樹影——甚麼地方傳來斧頭砍樹的聲音？

「嗚——」另一個人扮狼叫。有人吃吃地笑起來。

最後，我們來到了一片空曠的雪地。一個年輕的芬蘭人從童話世界中走來，教我們看星，還說一會有可能看到極光。團友連忙取出腳架，擺好專業的攝影機，對着遠處的天空。不久，我們就聽到興奮的叫聲：「極光呀！」

「哪裏？哪裏？」

一隻手指指着攝影機對着的天空。果然，幽綠冷豔的光，絲絲縷縷在森黑的叢林之上、天的盡處悄悄幻變——今夜，妖媚的魔光魅影並沒有猖狂變臉。有團友說：「可惜，只看到一點極光。」我一向對迷惑人心的光影缺乏興趣，很快離開了他們，和妻子仰頭看星。

也是滿天星斗。不知是天不夠黑，還是有隱隱約約的寒冷的霧氣，這星光夜實在無法和前兩次相比，星不夠多，也不夠空靈晶亮。在香港，我能夠指認的是黃昏在西邊閃亮的金星。第一次留意金星，是創作課上，余光中老師從家中帶來了波提切利（Botticelli）《維納斯的誕生》的仿品，那是我第一次看見有大學老師帶「教具」來上課，不是一本畫冊，而是一幅有畫框的中型油畫。我已經忘記老師為甚麼帶着這幅畫來上課，但記得他解說希臘神話與畫中春神、風神的關係，說Venus就是金星。我因為愛海，看見在海中誕生、垂着金色長髮赤着身子踩在巨大而潔白的貝殼上的愛神，印象特別深刻。黃昏、入夜，我在住所的平台散步，常見到她在西邊的天空閃亮欲語，美麗的維納斯，上升的泡沫，航海的庇護神。但今夜，滿天的星，像我居住的城市千家萬戶的燈光，我反而分不清哪一顆是金星了。詠金星的詩，最喜歡伊利堤斯（Odysseus Elytis）的〈我再不認識夜〉，那死亡可怕的默然，總令我想到《鐵達尼號》的結尾——在船頭的圍欄前迎着風張開雙臂、甜笑然後熱吻的情侶，很快雙雙抓着船尾的鐵欄，居高臨下，低頭見證「永不沉沒」的鐵達尼號轟然下沉。俊朗的里安納度迪卡比奧護着身邊的她大叫：「Hold on!」（捉實啊！）船頭下沉，船尾高升，滿船傾斜的燦爛燈火，最後的輝煌，倏乎一瞬，三閃，黑—滅。他們短暫的愛，與夢幻之船，一同沉沒。北大西洋可怖的寒冷死寂，波光晃動，冰山埋伏。一九九七年，《鐵達尼號》在香港上映，沉船一幕，驚心動魄。死者會夢想流浪嗎？永恆的寧靜，寒冷海水中的仰望，最後的漫天星斗。為了死去的他，她忽然想活下去，抓着浮木，望着他，僵硬蒼白的身體，緩緩下沉。求生的哨子聲在漂浮的屍體間響起，咻……咻……！此時此刻，她一定仰望過天空……。日中則昃，月盈則食，甚麼是「永不沉沒」的呢？「一隊星星停泊在我心房的避風港／……我的雙眼催你起航／帶着我心底的星子：我再不認識夜」；星宿羅胸天地窄，回過神來，我的天空，只餘星的微光。然而，就是這些微光一閃一閃，我認識的夜就不再是黑夜了。

我和她看了一會星，發現低空中有七顆星星連成斗柄和斗勺，就在幾株披滿雪的松樹頂上，好像要為這片森林施澤。離北斗七星不遠處，有一顆星，在眾星之中，頗為明亮。我問芬蘭青年，那是北極星嗎？他看了一會，喃喃自語，張開五指對着天空量度星距，以天樞和天璇的指極星尋找北極星，然後以肯定的語氣說：「是的，那是北極星。」近年因為做研究，查過北極星的資料。北極星又名北辰，是古人心目中的帝星，眾星都圍着它旋轉。孔子說：「為政以德，譬如北辰，居其所而眾星共之。」我在香港，從未見過北極星，來到芬蘭，反而見到北辰和作為「帝車」的北斗七星。

從伏羲的眼睛、孔子的眼睛到我的眼睛，悠悠星空，宇宙全息相通。我躺下來，望着這顆帝星，烏藍的無邊的天空，眾星真的一點一點移動，繞着它旋轉。而它，竟在我的上空閃亮，澤上有地，俯臨着我。我就這樣躺在雪地上，從頭到腳，一點冷意都沒有。這時，我才明白大家為甚麼要穿上這螢光的連身保暖衣，才可進入森林；好像有一把聲音說：擔心你迷路，怕你遇險，怕你冷。

樂海崖的黃昏

讀一首詩，怎樣想像詩中寫到的地方呢？只有海邊初生的明月，只有月出驚起的汽車；而為了一首喜愛的詩，我來到了樂海崖。

六月十三，農曆是幾月幾日呢？六點零三分，加州聖地牙哥的黃昏，落日甚麼時候西沉？今天能看見月亮在海上升起嗎？

斜路下面就是大海，就是樂海崖。不急，我們走進店裏，買一杯冰淇淋，坐在店外的木椅上，一邊吃，一邊欣賞風景。粉紅色的西瓜，米色的開心果，兩球冰淇淋在小小的紙杯裏越縮越小，唇舌間有了雨天的涼意。口腔裏是冷起來的黑夜，異國情調的味道，新鮮而甜膩——逐漸溶化，記得那時在元朗大榮華，你介紹着碟子裏的冰燒鳳肝，我一聽鳳肝下那一片雪白的東西是肥豬肉，馬上打了個冷顫——像冰雪溶化在胃裏，有多少膽固醇啊。那時的梁文韜還未成名，不是他人口中的食神、自我意識中的大師，脖子沒有掛上金牌，兩手沒有在胸前交疊；熱情親切的大胖子，挺着比籃球還要大的肚子，為我們斟上二十八年陳的花雕，離開一會招呼別的客人，回來又聊新的話題——越來越「文學」的梁文韜，說要弄「馬朗羊蹄」。席上有葉輝，好像有崑南，還有誰呢？應該不會有關夢南。那時幾個詩友偶然相聚，某男詩人總愛模仿六十年代粵語長片中某女明星的口脗——你都無解嘅。那是我喝得最多酒的時候了——有人在談話，有人在陌生的街道上，流連到夜深，吹水到深夜。多思的夜遊人。多詩的漫遊人——夏日的聖地牙哥，黃昏的太陽等待黑夜的月亮，而我已很少參加詩聚了。我到這裏本來為了尋找博物館中的古玉，忽然想起你的詩，就特意乘兩小時的巴士到La Jolla——樂海崖，西班牙語的音譯，寶石，寶石——到處是西班牙的建築風情。熱情的西班牙。熱情的美國。妻子總是戴着遮陽的帽子。

我們走向樂海崖，背後是一排排臨海的低矮的酒店，前面一大片草地、石椅、高腳散髮的棕櫚。按着銀色扶手走下樓梯，來到沙灘。左邊的崖石像五六千年前的簡陋泥屋，向海的一邊露出牆似的沉積岩，後面是一個拱形的海蝕洞，洞外亂石磊磊，洞內陰暗暗的晃着小片水光。一隻大海獅慵懶地伏在石牆下的岩礁上睡覺，偶然抬起頭，噢嗚的叫一聲。沙灘湧着細浪，幾個人在淺水中暢泳，兩三隻海獅在他們身邊游過，沒有恐慌的尖叫。一隻海獅游近沙灘，兩個穿比堅尼的少女走前去觀看，兩個穿泳褲的男人走前去觀看，他們沒有伸手去撫摸海獅。海獅仰着頭望望他們，向左邊的岩礁游去。

「走啦?去哪裏?」他們轉身走回海浪觸摸不到的沙灘，此時沙灘響起小孩的哭聲。

我們還是爬高爬低走向岩石間的海獅群，有的海獅全身棕黑，有的泥黃，此起彼落噢嗚噢嗚叫着——壯碩的趕走弱小的，霸佔曬太陽的有利位置；被趕的用前肢一下一下按着岩石爬行，像給人打斷腳的瘸子，朝另一隻更小的海獅走去。擾攘一會，海獅群安靜了，暫時的平衡。誰在等待新的秩序？一隻海獅慢慢往上爬，爬近我們，相距只有三呎，有人緩步後退，有人不動，等牠爬近。突然，蓬的一聲，牠打了一個大大的噴嚏，水花從鼻孔中散射，前面的人紛紛轉身向後走，邊走邊笑——牠用這種惡作劇的方法，把我們趕走了，然後躺下來，舒舒服服睡覺。小耳朵，長觸鬚，閉上眼睛把世界摺進黑暗的瞳孔裏，只露出短尾旁兩顆棕紅的卵蛋子。左面一大片平坦的岩石上，站着幾十隻黑色的水鳥，有的飛到海中，和海獅、弄潮兒一同游泳。

這是我第一次看見大自然中的海獅和人這樣親近，那夜你應該看不到海獅吧？或者在月光下看到朦朧的崩塌的獅身人面？黑暗的意象——ye Mighty, and despair!你聽到嗅嗚嗅嗚的聲音嗎？我不知道樂海崖入秋後，還有沒有海獅棲居，或許這只是我在樂海崖此時此刻的經驗？帶着我的樂海崖走進你的樂海崖，我能否更多地走近你曾經進入又關上了的空間和時間？我想，換了另一個地方，你仍然會說「月出驚起汽車」，這其實也是內心的文化工業產物。但不是「樂海崖」的月亮，這首詩的情味、指涉力，難免打了折扣。葉維廉把La Jolla音譯為樂海崖，好像為你的詩度身訂做。海內存知己，天涯若比鄰，異國的晚上，誰是你的舊相識呢？我可以想見你在異國面對一個通電有點問題的咖啡壺的快樂。這是你第一次到樂海崖？帶着對詩的思考，對翻譯式感情的提防，對詩友的想念。我想，我們是無法完全擺脱傳統和古典的，樂海崖的月亮升起來了，在你的創作意識中，在我的閱讀經驗裏，心中如沒有響起那些古典詩的聲音，這首詩還剩下甚麼？你又一次示範激活傳統、化古為新的寫作手法。

我們返回崖上，往右邊走，走到張開一把把藍色太陽傘的酒店外，倚着圍欄看海。左邊太陽所在的位置是西方；右邊，我望着右邊的海崖和天空，等待着。今天是甚麼日子呢？如果不是中秋、重陽，我幾乎不理會農曆的月日了；二十四節氣，在我的生活中，也只剩下清明、冬至，而大暑，總是夏天到市場買菜，由賣冬瓜的小販提醒我。聖地牙哥，和香港有十五小時的時差嗎？此刻，香港的女兒在睡覺？英國的兒子在溫書？我們能看見同一個月亮嗎？今天究竟有沒有月亮？

圍欄外是一叢叢低矮的乾草，乾草下是平緩的崖坡，坡下是不大高的直削的海崖，崖下是沙灘、內灣。數十黑色的水鳥在崖坡上築巢、孵蛋、育兒，在牠們的活動範圍中，乾草都被略帶酸性的鳥糞染成白色，草都被踩扁踩死，崖坡成了一大片黃白。這些黑色的水鳥是加州鸕鶿，在此繁殖季節，一些加州鸕鶿的頦下生出了藍斑。無論有沒有藍斑，牠們的頦、兩頰總是不停顫動。近圍欄的崖上，一隻鸕鶿伏身於圓形、拱起的巢中，靜靜地孵蛋；另一隻的腹下，一個白色的蛋露出來了。再右邊的一隻，橫伏巢中，雙翼微張，兩隻嬰鳥在牠的胸前伸出黑色的小腦袋，晃來晃去。生生之謂易，牠們終會成長，離巢飛翔。而此刻，這麼近，只要我們傾身越過圍欄，伸手就可以觸到近處孵育後代的鸕鶿。鳥不是提防着人的嗎？人不是都充滿機心的嗎？鷗鷺忘機，鷗鷺不忘機。崖下，浪花把漂浮的海藻沖到沙灘上，堆成了一個大大的海藻巢。一隻海獅在海藻巢上滾來滾去，像是用海藻刷身搔癢。東邊的崖上，今夜會有明月升起來嗎？東邊的岩石上，靜靜地站着幾十隻布朗鵜鶘。海獅、鸕鶿、鵜鶘，各有各的地盤。樂海崖很大。崖上，一棵不知名的熱帶植物開了一大叢淡黃的花簇，千花密聚，吊在高處的劍狀葉間，像個巨大的蜂巢。沒有蜜蜂，它孤零零盛開。

我為甚麼會為了一首詩老遠跑到樂海崖來呢？我會質疑你為甚麼不寫樂海崖的海獅和鸕鶿嗎？幸好樂海崖不是詩壇。如果我編香港詩選，〈樂海崖的月亮〉是我必選之詩了。那是罕有地出於文化思考而入於人情的好詩，也是情理兼備的耐讀之作。兩天前，一個記者問我：你和他是不是很熟？我說不是，我們很少見面。我是「余派」詩人。那他為甚麼會介紹你接手任教藝術中心的「詩作坊」？他託人找你？不是的，他打電話給我。我也不知道。我不知道他為甚麼找我。他有很多經常見面的詩友，有好幾個出名的寫詩評詩的學生。我想，也許因為一九九三年，我的詩集《柚燈》得到第二屆「香港中文文學雙年獎」的詩獎，他是五位評判之一，他投了我的詩集一票；從報章的報道中，我知道他特別喜歡集中的〈傾聽他迷惘的聲音〉。一九九五年，他介紹我任藝術中心「詩作坊」導師，也是這一年，香港電台拍攝《寫意空間》介紹他的作品，香港電台的工作人員打電話來，希望我能出鏡談一談〈樂海崖的月亮〉。我沒有信心談這首詩，因為我沒有到過「樂海崖」，恐怕遺漏了這個地方的詩歌信息。我婉拒了。後來他邀請我參加「香港國際詩歌節」、嶺南大學舉辦的新詩研討會、文學創作教學講座、新詩朗誦會。葉輝開私房菜，請他和吳煦斌，還有他的兒女晚膳，邀我同來，那是我和他一家唯一同場的記憶了。二〇〇八年底，我出版《打開詩窗——香港詩人對談》，十位對談詩人，九位筆談，只有他是訪談，據訪談錄音整理文字稿。還記得我把文字稿傳給他，第二天深夜就收到他修訂文字稿的回覆。他是最快回覆的詩人，讓我感到他對這個訪談計劃的支持、對我的信任，儘管裏面有談到「余派」的尖銳問題。我一直感念在《柚燈》的頒獎禮上，他請我站近一些，在我的身旁宣讀評判感言，親切地向在場的人談他的「發現」。

我們的房間就在樹叢背後
窗前的霓虹燈會逐漸沒入黑暗
室內的暖氣會發生問題
我們圍坐一起談詩
我們一同迎着海邊初生的明月
我們各自在不同的地方
煮一壺茶讀一首唐詩

異國的晚上同在一起
新識文字我們的舊相識

我無法不去想像，一九七八年，你創作這首詩，寫到「我們圍坐一起談詩」時，腦中泛起了那些記憶中的臉孔？——葉維廉、西西、吳煦斌、葉輝、關夢南、李家昇、何福仁、鄧阿藍、馬若？總有其中幾個詩友吧？——手只獨自舉起。

藍色玻璃窗臨海的酒店外，崖上的圍欄前停泊着一輛一輛汽車。我在銀色汽車的背後，用手機拍了一張照片，汽車對着越來越暗淡的落日，微藍的天，低低的白雲下，一株株拔地而起的陰暗棕櫚，有點像一隻隻手影。那是海蝕洞對着的方向，你穿過了金黃火焰的拱門，飛向黑暗之洞、洞外長波浩淼的大海。

在海邊是誰初見了月亮？

海上的月亮那年初次照見了人？

我已回不去最初的〈樂海崖的月亮〉。等不到了，我們踏着黃昏的餘光離去。

重訪里爾克墓

在拉龍下了火車，進村的橋上，水聲潺潺，江水是帶灰的淺綠，並不清澈。陽光明淨，眼前的景物玻璃般清透；而過橋後一踏上村子的馬路，即聽見噹噹的鐘聲。屹立在半山崖邊上古樸、莊嚴的教堂，高聳的尖頂擎着一個十字架，使人仰望；十字架後，遠山若隱若現，雲霧瀰漫。噹噹……噹噹……，鐘聲越來越響。我興奮得笑着說：「上一次來，我為里爾克墓的玫瑰花澆水的一刻，教堂就響起鐘聲；現在，我們一進村，教堂又響起鐘聲！」看看錶，十二點。

一九九八年，我和妻子歐遊，被里爾克召引到他的墓前——在德國的一個公園中，看見坐在長椅上的男人舉報展讀，我瞥見德文標題上唯一認得的字：Rilke。到了瑞士的一個公園，看見石桌上躺着孤零零的報紙，隨意翻揭，又見到標題上的一個名字：Rilke。我對妻子説，里爾克好像葬在瑞士叫拉龍的地方，不如去尋訪他的墓——三個小時後，我們來到拉龍，天色已暗，江水的聲音大得懾人。程抱一先生在《和亞丁談里爾克》中說：「村落的名字叫拉龍（Raron）。這座在午夜放光的教堂，上接天河，下臨羅內（Rhône）江水，聳立漫天燦爛的星光中心，有奇特的吸引力；彷彿環繞的眾星都因它而生，因它而突然領悟自己的存在。是的，在教堂的朝南牆腳，有被玫瑰花葉遮掩的石墓，墓中長眠着詩人里爾克。」抱一先生介紹里爾克的書，在上世紀八十年代中，引領我吸收里爾克詩的養分，對我擺脱余光中老師詩風的影響，轉向詠物、沉思、哲理，起決定性作用。在拉龍的旅館度過了生疏的夜晚，第二天上午尋到了教堂南牆下的詩人之墓，和他「告別」——那時發覺自己受里爾克影響十年，詩風越發朝向穿透表象，進入物的內在世界（中心），缺乏活潑輕靈的氣息，有如雕塑。尤其是經歷《火中

瑞士的拉龍教堂

之磨》的精神緊張狀態，我感到再朝向穿透、內聚、凝固的寫法，思維有可能鑽入「牛角尖」。回到香港，我寫了〈里爾克墓前〉，彷彿在詩人墓前默禱，懷着感激之情，和他「告別」：

死亡長出蓓蕾，你召引我
逼近並且正視你的塋塚
你在這裏腐朽，同時升起新的焦點
晨光無法照明碑上晦澀的玫瑰
而你無時不在要求另外的詮釋

噢，甚麼是生命的詩歌和詩歌的生命？

當遠山傳來鐘聲而你委身的教堂也敲響鐘聲
彷彿同一的聲音，相遇又遠離
在天空的道路上，我懷着你的花蜜
時時穿上新的屍衣

而今次重訪，我們一家四口都來了。步向教堂的山路上，妻兒停下來，欣賞一幢殘破的房子外整齊擺放的幾十個「公仔」，多是童話故事中的人物，雪姑啦，小矮人啦。崩露石頭的窗框掛着兩隻豎起耳朵、側臉「爬牆」的黃毛花貓。手機攝影的聲音此起彼落。他們視此為新奇的旅遊吧？而我感到這裏無處不是詩的召喚。

推開鐵閘，向教堂鞠了個躬，領着他們沿着右邊的碎石路，來到教堂背面石欄拱抱的里爾克之墓。兒子念中學時，偶然寫詩，還得了兩個詩獎。他念小學時，我要他背誦

里爾克墓前

破屋外的小矮人、爬牆的花貓

余光中散文〈吐露港上〉的首段；中一，我鼓勵他背誦梁秉鈞的〈茶〉。我的書架上有許多詩友的詩集，他問：「哪些叔叔的詩寫得好？」我答了，他就去讀，聽我點評。我寫了詩，寫了小說，叫他看：「給點意見。」他就說哪些地方好，哪些地方不夠好。他的欣賞和創作能力就是這樣培養的。他寫了兩首我很喜歡的詩，但一直抗拒我看他的詩。上了大學，連詩都不寫了，他不喜歡走我的路——影響的焦慮。

我倒是欣喜他跟着我，一步一步走到這裏。來到里爾克墓前，他在後面說：「幾靚嗰個墓，鞠個躬先啦大家，阿爸鞠先。」

卡夫卡的墓地與修道院

作家的生氣貫注於作品之中，讀作品，欣賞質與文、創造力之餘，還希望認識人——他處在怎樣的時代？他生活在怎樣的環境？他的生命經驗怎樣？他的個性怎樣？他的內心有甚麼困擾與掙扎？他怎樣超越自我？他怎樣啟發我從另一個角度思考存在、生命、世界？他怎樣改變我的創作生命？多年來，我都這樣「要求」進入我視野的作家——生命經驗的厚實與藝術生命的活潑多姿。近幾年，看博物館之外，最喜歡看不同的文學地景，在另一個時間踏進相似，或面目全非的空間，實地感受、想像一個作家的生活，他的生與死。

在布拉格的「卡夫卡博物館」，買了一張卡夫卡在布拉格的文學行腳圖，三十多個

捷克布拉格的卡夫卡博物館

「景點」。我是為了卡夫卡而來的吧?憑一張地圖尋找卡夫卡。搭地鐵來到Zelivskeho站,出了地鐵,右邊就是卡夫卡長眠的墓園。墓園的左邊有一間花店,路中還有一個杯形、掛滿鐵圈、鏽跡斑斑的雕塑。從圓拱的閘門進去,守門的人要我戴上一頂藍色的圓錐小帽,上面印着六角星,寫着「Jewish Community of Prague」。帽子很輕,戴上總被風吹到地上。在灰色的石塊鋪成的小路當眼處,看見豎立的一塊白底黑字的鐵板寫着:「Dr FRANZ KAFKA → 21.14.33」。沿着小路走,在兩旁青草、高樹的後面,立着一行行數不清的墓碑,方尖、長板、圓拱、塔形、小教堂,冷灰與深黑的大理石,在跳動的陽光、陰影、草光、樹色中,更顯沉重。

我看見戴着黑色的高帽、披着斗篷的卡夫卡;我看見帶着一個美麗的傷口來到塵世的卡夫卡,躺在病床上,胸口盛開着血紅的玫瑰;我看見卡夫卡為菲莉絲寫着長長的信,他渴望和她一起生活,他想躲在孤寂的地窖中寫作;我看見卡夫卡的臉扭曲了,他對着我咆哮：「殺了我吧，不然，你就是兇手！」我是怎樣想像卡夫卡的呢？他的照片，他的傳記，他的小說——把我帶到一個方尖碑之前。那麼多陌生的人站在卡夫卡墓前，靜靜地望着他的名字。有人鞠躬，有人獻花，有人在心裏感謝他使自己「重生」。離開墓園的時候，我看見一團遊客進來，十多二十人吧，有人介紹着卡夫卡的生平。

卡夫卡的小說有許多空間，城堡，診所，病家，籠子，地洞，空間與空間置換之速，有如魔法，有如神蹟。我念念不忘的〈鄉村醫生〉，沒有馬，馬就突然在豬圈中擠出來，並且把鄉村醫生倏的送到病家，連起了兩個空間。我已經忘了自己怎樣走進城堡，在門外給了二百五十克朗，夢遊似的來到黃金巷22號一間淺藍的低矮的小屋前。小屋的綠色門框上，寫着：「N:22」，左右各有兩扇窗子，整整齊齊放着卡夫卡的著作。我走進這間書店，只見滿牆的明信片，滿書架卡夫卡的書。小屋只有一百二十平方呎吧，天花板伸手可及。這原是僕人工匠居住的地方，卡夫卡卻以每月二十克朗租下這小屋，躲在裏面埋首寫作。昨天，我在布拉格廣場一帶，找到卡夫卡出生的房屋、他父母結婚的酒店、他和女友結識的房子——那些外觀如此華美、精緻的房屋，顛覆了我對卡夫卡生活環境的想像。走進卡夫卡這間文學的「修道院」，恍惚間，我看見他在微光中，瘋狂搖動筆桿的孤寂與狂喜——他就在這小屋寫出了自己相當滿意的小説〈鄉村醫生〉。

我也有這樣的文學修道院嗎？才走出黃金巷22號的小屋，一腳跨進了大埔尾66號的百年老屋。我看見一個人，對着一面破牆，一盞燈，靜靜地低着頭，搖動筆桿寫作，偶然抬頭，望着牆壁上自己的影子。窗外傳來零星的狗吠，芭蕉的大葉窸窸顫動。他忽然聽到蹄聲得得，蕭蕭的馬鳴。一把聲音在窗外傳來：「受騙！受騙！永世難償！」他猛然想起那個倒楣的、赤身在茫茫的雪地上漂泊流浪的鄉村醫生。他馬上衝出大廳，打開大門——但見一天星子，滿園樹影。

在威尼斯到佛羅倫斯的火車上

在威尼斯到佛羅倫斯的火車上，左邊的四個座位，坐着四個中國人，夫婦兒女，但我不肯定是台灣人還是大陸人，女兒對着案上的電腦，專心打字，打的好像是英文。他們很少說話，靜靜的。我們這邊也是四個人，也是夫婦兒女，妻子和女兒閉目養神，我和兒子望着窗外流逝的風景。

火車停站，很多乘客上車，寧靜的車廂突然喧噪起來。都是黑髮、黃皮膚的，拉着大大小小的行李，源源不絕，塞住過道。

「喂，你幾號？」是四川或貴州口音。

「大陸人！」兒子立時流露厭煩的神色，輕聲說。

我們不禁留意着車廂的聲音——越來越喧噪，很多人抬頭，目光在行李架間掃視越來越少的空位。

我回頭，看見一個外國少女，想穿過走道，卻被大大小小的行李擋住，有點不知所措。

是一個大陸旅行團。這個車廂，除了幾個洋人，全是中國人，好像是刻意的編排。外國少女沒穿過走道，我再回頭，已看不見她。

行李放好，各自找到座位，此起彼落的聊天聲音慢慢低沉，前面座位的父子在玩手機遊戲，很節制，幾乎沒有聲音。一把聲音這時候變得非常突出。我望向左邊，只見一個六十來歲的老婦，拿着手機，正和家鄉的女兒WeChat。她話畢，又到她女兒的語聲從萬里外的四川（？）清晰傳進這個車廂——老婦向女兒解釋沒有在意大利買某一物品給她的原因，女兒說不要緊，老婦又繼續解釋。

「又到大媽！」坐在我對面的兒子，望着我，搖了搖頭。「正常說話的聲音，其實並不怎麼擾人。」「找座位、放行李的時候有一點聲音，之後都沒有甚麼。」這是下火車後，我和妻子的對話。

我想，如果我的母親在世，坐上這列火車，她一說話，我的兒子就會望着她，流露厭煩的神色——她說話總是超高分貝，彷彿不懂低聲細語傳情達意。和她通電話，時間長了，她越說越大聲，說得我耳痛，只好把話筒移離耳朵。在我念高中的反叛期，曾感到母親在人前說話這麼大聲，令人厭煩，頗為失禮，有時候禁不住在旁提醒她：「小聲點，小聲點。」母親說：「小聲我不會說話。」

幾次回鄉，我對造成母親說話嗓門大的社會文化背景，有了一點理解。在路上，我看見堂嬸高聲呼喚山坡上的鄰居，二人隨即隔空開大嗓門說話，在農村空曠的環境中，加上青山綠水的過濾，也就覺得這樣說話，是如此自然。在我的家鄉，特別是女人，多是大嗓門，即使來了香港幾十年，在擠迫的城市中，還是這樣說話，有時候引來怪異的目光，惹人反感。「果然是農民，沒有文化，一腳牛屎！」我當然不希望別人這樣辱罵我的母親。

火車又停站，這一次只有幾個乘客走上這一列車廂。「那個穿玫瑰花裙的少女很漂亮。」妻子說。我別過臉，只見她背對着我，抬頭望着座位上的行李架。行李架放滿行李，她們的行李已無空間擺放。少女想用手移開頭上的行李，但她不夠高。她轉過身來，我看到的是一張十八九歲的臉——黑口黑面，輕聲罵着她們座位上的行李架都給人霸佔了。她的母親仍抓着行李的手柄，站在一旁，沒有說話。

一個中國女人走過來，舉起右手，做着向右撥的動作，示意她把行李向右推，能開出一個空間。少女沒有行動，仍是一臉不滿。

我站起身，把頭上行李架的背包拿下來，讓右邊的行李架騰出一點空間，然後叫兒子去幫幫她。兒子正要起身，對面一早上車的四口之家，父親已站起來，整頓左邊的行李架，然後幫她們把最大的灰色行李箱，高舉到架上，放好。

少女無動於衷。

兒子「噠」的打響指，示意她們把紅色行李箱移過來，幫着高舉到右邊的行李架上，放到整理出來的空間中。

她的母親對我兒說了一聲：「Grazie！」（謝謝）兩母女終於坐下。

穿粉紅色玫瑰花裙的少女，坐在窗邊的椅子上，仍是黑口黑面。車廂受到感染，陰陰暗暗的，好像穿進了山洞。轟隆……轟隆……。車廂裏只有車輪摩擦鐵軌的單調的聲響。

下了火車，我忍不住多次批評那個少女沒禮貌。

「小聲點，小聲點。你講了好多次啦。」妻子流露厭煩的神色。

水琴窟

走着走着，看見竹管與石頭。石是粗糙的灰色，長方形又不似長方形，長出了像紅木樹根的石板，有點野趣。石面鑿了不完全是橢圓的淺池。右邊的「湯桶石」升起一根竹筧，在木盒中接駁了另一根竹筧，斜斜伸到池上，竹筧裏，水，一滴，一，滴，滴下來，滴到水面，盪開，漣漪亮着慈和的天光。這「手水鉢」左邊的石頭，矮而平，叫「手燭石」。

喜歡日本庭園，喜歡人工中的自然，樹木、石頭、竹筧、茅草、青苔，季節的紅葉與花朵，不要給我太多色彩。枯葉不知道甚麼時候飄下來，草間地上，總有落葉。「手水鉢」上不起眼的水坑，不動聲息流淌着滿溢的水，流着淌着，悠悠忽忽的，石壁濕黑的長滿了碧綠的苔蘚、零零星星的蕨葉。

我來日本之前，四家姐送了七八本《溫暖人間》和一個蒲團給我，教我打坐。每天清早，在平台做運動，打拳後，回家坐在蒲團上，雙腿作如意盤，臍間抱掌，閉目面對窗外的青天。一天打坐五六次，心慢慢靜下來，腦內的「水銀血壓計」，度數一點一點下降，繃緊的精神稍為放鬆。我反覆閱讀項明生〈侘寂之日本美學〉，心裏喃喃自語：「沒有甚麼是長久的，沒有甚麼是完美的，沒有甚麼是完成的。」一朵花，真的比一百朵花更美？我最懷念的「芹生」，日式房間的花瓶中，插着十餘朵半開的粉白色複瓣小花。窗外的庭園，矮松橫生，滿眼青綠。我需要這種帶點禪意的寂靜——那天，頭快要爆開了，心也快要爆炸了，我知道自己過不了這一關，會出大事了，從未感到內心如此凶險。四家姐不斷用whatsapp傳來衍陽法師分享「心寬」、「過難關」的錄像，佛語、蓮花……。我跪下來，仰望着玻璃飾櫃中的木雕觀音，滿眼淚水，求祂再給爸爸一次機會，讓我帶他回家。貪、嗔、癡，我都犯了，但我只是個凡夫俗子。

蕨葉、碎石堆中升起一管微彎的十節黃竹，插入琴窟底部，向天的一端開了圓孔，無人的時候，它是琴窟依依的望遠鏡。我側臉把耳朵貼近圓孔，叮……滴……滴滴……叮叮……叮……叮……。水滴的聲音，琴絃的聲音，從冷硬的石頭下一個倒覆的壺中傳來，那是誰人空空如也的心呢？琴聲跌跌碰碰走過虛空的竹管，從未遠行若此的遊子，精疲力竭，來到我的門外，風一更，雪一更，山一程，水一程——課室裏，老師教我們彈〈陽關三疊〉，他的中指從三絃開始，一絃一絃的勾挑：「清和節當春……遄行，遄行，長途越渡關津。惆悵役此身，歷苦辛……。」我已經聽不下去了，兩手捧着臉，眼鏡滿是霜夜與霜晨，我幾乎聽到自己飲泣的聲音。老師説，你們要以〈慨古吟〉為中期目標，以〈陽關三疊〉為終期目標，考試，就考〈陽關三疊〉。遄行，遄行，長途越渡關津。我停在「陽關」前，只見「夕陽西下，江水的那東流」——竹管裏寂靜的水琴，時間

水琴窟

的聲音，一點，一滴……。

黃昏，我在火車站的月台上，收到四家姐的電話，説爸爸今天清醒了，問起我，還説爸爸望了望牆上的鐘，叫她早點回家。「你來不來看爸爸？」我説：「今天來不了。」開始的時候，我每天兩次到醫院探望爸爸，一個多月後，每天一次。那天在醫院通宵守着爸爸，身體虛弱得不斷顫抖，情緒低落，胡言亂語。護士長望着我説：「你快要崩潰了，會死人的！」而我的雙眼總是盯着爸爸身邊的儀器，情緒隨着那些數字升升降降。我記得爸爸越來越沒有意識、越來越白濁無神的眼睛。我輕握着他的手，在他的耳邊説：「爸爸，我是阿和。」他醒了醒，用力握了握我的左掌：「我好辛苦！」這是他最後對我說的話。第二天我再去看他，只見他合着眼，手臂、手掌越來越腫。我撫了撫他的手臂，手指有點濕，抬頭望望天花板，不是天花板滴水。水從爸爸的皮膚滲出來，彷彿裏面有一個不知入口的洞窟。我附耳，俯身，整個人陷進去——要聽那滴水的聲音。

青椒炒肉絲

望着剛放在桌上的小炒，青黃青黃的，冒着油油的白煙，鼻子已翕動。夾起炒得軟皺的青椒放進口裏，椒氣雄健，卻不霸道，鮮甜的泥土、陽光、雨露，嶄新的滋味：「不太辣，恰到好處，好味！」而薄薄的豬腩片，炒得乾身，逼出油脂，有點口感，還有豬味，味蕾頓時遍地開花。白飯，不是西洋碟子上牙尖嘴利的粒粒乾硬，而是一線白弧滿在碗上冒着煙的香軟絲苗。碟子剩下星星點點的黃油時，我蹦出一句：「有史以來……！」妻子笑了，她總是笑我形容食物的美味太浮誇；但這回，妻子點頭，踏實的嘴巴流出一句：「有史以來最美味的青椒。」

妻子對兒女話當年：「你阿爸好麻煩，去到歐洲都要食青椒炒肉絲！」在意大利人來人往的露天市場：青椒炒肉絲；在奧地利街頭賣藝人的歌聲中：青椒炒肉絲；跑到鯨魚比人多的冰島，終於找到中菜館：青椒炒肉絲。第一次歐洲自由行，在巴黎繁華的旅遊區，夜燈蠱迷，而我已經「頂唔順」，不想再親近西餐、法式麵包；妻子順我意走進裝潢高雅的中國酒樓，一碗白飯竟要五十港元！啊，二十五年前——青椒炒肉絲。妻子終於「頂我唔順」，蹦出一句：「夠了！我不想再吃青椒炒肉絲！」

我小時候學切菜是不是從切青椒開始的呢？母親教我把按着食材的手指曲進指骨下，中節骨頂着刀面，以免切到手指。母親把燈籠椒、肉眼切成細絲，炒時加一點味精、醬油，美味的青椒，一點都不辣。後來我在老家附近的中學教書，中午回家，有青椒炒肉絲，總能吃三碗飯，母親眼裏都是笑。所以辣辣青椒炒豬腩不是我的「執着」——離開英國杜倫大學的東方博物館，已是午膳時間。在路上問太原來留學的女生，她禮貌地帶我們來到這中餐館。染金頭髮的年輕女服務員說：「沒有青椒炒肉絲，但有一道小炒，有青椒、肉片。」

結帳時問：「這道菜是什麼地方的風味？」

「是湖南吧？」

出門時，轉身抬頭一看，飯店的名字：「Happiness 2 老地方」。這會是我日後重來尋找幸福的老地方嗎？而我「烹調記憶」的老地方：雙層床，水泥地，摺起又打開的方桌，簡樸明亮的廚房，買菜歸家的鈴響，「得」的一聲，暖煙，軟香，遠方的呼喊——食飯啦！

第五輯

瀑布灣道

我其實是想見見你——悼念陶然先生

和陶然先生接觸，始於二〇〇〇年他接手任《香港文學》主編。他請舊同事葉輝代為組織革新號的「小說大展」。葉輝是報人，有傳媒觸覺，為了吸引注意，邀請一批詩人寫小說，我交出了〈魚咒〉。後來仍由葉輝代《香港文學》向我約稿，慢慢的，約稿的人換上了陶然先生，葉輝淡出。我當然很早聽到陶然先生的名字，但還未見過面。此後一直是電郵往來。我已經記不起他最初稱呼我甚麼，但很快，他就直接叫我「良和」，而我一直稱他「陶然先生」。他約稿的電郵總是很短，三四行，後來更短，一兩行。我寫好小說或散文傳給他，電郵的文字也是非常簡短：「陶然先生：請查收拙作，謝謝。祝編安　良和」。但很快，我總會再傳電郵給他，說甚麼地方需要修訂，請用新版本。他知道我把文稿傳出後，還是不放心，再三細讀、斟酌，有時發完一個修訂電郵，第二天又發一個修訂電郵。他，已習慣我這種交稿、改稿（或再改稿）的方式，沒說過一句「已經很好啦，不用改啦」，或「已經發稿，不好再改」的話。

陶然先生總是用「預告」的方式，在雜誌末頁排出下期「小說大展」或「散文大展」的作者陣容，但其實大部分稿都未到手。他總有辦法令那些名字已見光的作者在限期前乖乖交稿。但也會有作者最終交不出稿，「預告」未能兑現。「甩底」一兩次的作者，陶然先生雖有欣賞之意，但也不敢再約稿了。有時候，他打電話來催稿，聲音低沉，語速慢，予人從容不迫之感。這種催稿的聲音，對我沒有甚麼壓力。我知道他重視我的稿，總是把最滿意的作品交給他，而我也成了《香港文學》的長期合作夥伴。縱然有他刊編輯當面說：「良和，咁唔得㗎嘛，你都要畀啲稿我哋㗎，唔好畀晒陶然喎。」我總是說自己產量少，有稿優先交《香港文學》。畢竟，從《香港文學》一九八五年創刊，第一任主編劉以鬯先生對我的寫作事業就鼎力支持，經常第一時間發表我的投稿；第二任主編陶然先生，更是全方位支持我。差不多二十年了，只要「預告」出了我的名字，我總是努力寫，在限期前交稿，從未脱稿，不讓他失信於讀者。

陶然先生任內，《香港文學》的封底，總有配畫詩，初期的配畫詩，不是行家之作，我們都不大閱讀。某天收到他的電郵，傳來一幅畫，畫的是中環滙豐銀行大廈，前面有一輛挖泥車，他請我配畫作詩。我回覆説，詩由心鑄造，出於真情，不能配畫作詩，直接拒絕了。他打電話來，笑着説，從未有人這樣拒絕他配畫作詩。我説，那樣的都市畫，我真是毫無感覺，怎寫？自己都過不了自己，怎能交出來見人？我還是不肯。

「甚麼樣的畫你會有感覺？」

「大自然、有情韻的，可能會有感覺。」

「那我下次試試把有大自然feel的畫給你看，你有點感覺的就幫我們配詩吧。」

「看了畫再說吧，看看有沒有靈感。」

奇怪，他後來傳來的畫，每一幅都能觸動我內在的感情，像二〇一二年四月二十四日傳來的《黃山》，我從容配了〈進山〉一詩，那可是我的滿意之作。

我和陶然先生甚麼時候第一次見面呢？記不起了。其實我們見面的次數不多，主要是在香港公共圖書館主辦的「香港中文文學雙年獎」評審會、研討會、講座、創作坊上。有一年香港文學節的研討會，我任主持，他任講評。他竟然預先寫了長長的講評稿，慢慢地，一字一句用粵語唸出來，我很少見到這麼認真的講評人。為表尊重，等論文作者回應後，我總會問：「陶然先生，有沒有補充？」他輕聲說「沒有」，溫厚的語調。

印象中，和陶然先生沒有私下喝過一次茶、吃過一次飯。《蟑螂變》出版，為答謝他促成拙著面世，我說請他吃午飯，順道到《香港文學》雜誌社領取贈書；但那天的飯局，他帶來了周良沛先生、梅子先生。那天是我第一次到他辦公的地方。他見我沒有把已簽名的《蟑螂變》送給他，竟主動在辦公室找來一本《蟑螂變》，請我簽名送給他。當下我感到有點慚愧。我沒有對他說，見過一些作家在大家專心聽講座的時候滿場跑熱情送出自己的簽名著作；我已很少主動簽名把拙著送給別人。但這件事，讓我感到陶然先生心胸廣闊，和他通電郵、講電話，總覺人與人之間的相處就是這般淡然，這反而令人感到舒服；而他的親和力，能凝聚各派作家，更得到那麼多現代派作家的支持。

陶然先生主編《香港文學》近二十年，功成身退，最近交棒給周潔茹小姐。他退下火線後，來電郵說擬在深圳辦一次「王良和作品讀書會」。我一向以「寧靜致遠」自勉，雖自覺能力有限，未能「致遠」，卻實在喜歡「寧靜」，並不熱衷聯繫交流。但為了答謝陶然先生多年來的支持，我在電郵中說「好的」。在海報中看到陶然先生將與我「對談」，心比較踏實：「還好，有一個熟人。」三月七日中午，和他通電話，我說唐睿會一同來；他說「對談」主要還是由我一個人講。我不想在沒有講題的情況下，在全然陌生的環境唱獨腳戲，就發了一個電郵給他，最後說：「我很少參加讀書會，希望您在對談的過程能多引導，十分感謝！」誰知晚上八時過後，在火車站的月台收到他的電話，說患了感冒，不能出席三月九日的讀書會，可以請唐睿和我對談。他在電話中的聲音，和中午不同，有點沙啞，正是傷風感冒的聲音。想到沒有他在身邊，頓感失落，連說：「答應參加讀書會，我其實是想見見你。」

我和唐睿有說有笑，盡力帶動讀書會的氣氛，讀書會順利結束；如果陶然先生在現場，看到我們的表現，他應該也會滿意。大會請我們吃客家菜，晚宴快結束的時候，我從洗手間出來，在宴會廳的門口，看到周小姐和唐睿站在門外，表情有點異常。周小姐雙目濡紅：「陶然先生走了！」

「甚麼？」我的腦袋轟的一聲，一片空白。

答應參加讀書會，我其實是想見見你。

與陶然先生合照

武緣

我在青年中心的體操墊上翻筋斗，前手翻、側手翻、前空翻，那是看了講體操的日本電視劇《百折不撓》後，在家中地上放兩個枕頭，胡亂練出來的。我不是體操班的學員，只是趁沒人練習時，從一疊高墊上拉兩張下來玩。某天晚上，一個陌生男人走前來，說國術班也有翻筋斗，介紹我參加，那時我念小五。

十多二十人扎着四平馬，白衣黑褲，嗨呵嗨呵扯拳——結緣的第一晚，我才知道國術是中國功夫，不是體操，介紹我的人是師叔，師父姓莫。莫師父從不教我南派的蔡李佛，只教我北派的鷹爪翻子，學了兩套基本拳，就跳級學「五花豹」。別人不易做到的動作，像大開式要一氣呵成的連環腿、雙飛腿、旋風腿、撩襠拳、擺鏈腿、仆腿鈎手蒙頭掌，以及中段騰空連環五腳落一字馬，我都很快學會。我的鷹爪拳基本功，全賴莫師父培育——我向後彎腰雙掌按地做着拱橋動作，師父在旁，雙手捉着我的腰帶，叫我吸氣，雙腳蹬地上翻，他順勢抽起我的腰帶把我帶高——就這樣，我學會了後手翻、後空翻；然後像孫悟空，一個側翻內轉接後手翻再接後空翻，飄然落地，在旁的師兄弟都看得眼睛發亮、發熱。

師父接到表演邀請，我總要出場，從五花豹、雙匕首到雙刀對槍。鼓鈸聲中，我提着雙刀，左刀格開師弟刺頭的櫻槍，就進步右刀斜勢劈向他的頭，他連忙收槍俯身俯首縮避。刀來槍往，進退伸縮，而刀槍無眼——一次表演，可能是鼓鈸聲太吵，一時亂了心神，師弟的櫻槍不是刺向我的左耳外，而是直刺我的眼睛，我大吃一驚，頭向右急閃，勉強避開，幸好沒有掛彩。

最難忘是農曆新年，師公領着一大班徒子徒孫，兩隻生龍活虎的醒獅開路，在華富邨一座大廈一座大廈採青。有些居民從十幾樓吊下一長串紅喜喜的利是、青油油的生菜，引獅子騎膊馬聳身採食；而年幼的我們爬到眾師兄的肩上，踩着雙肩，小腿夾頭，挺起身，或雙手叉腰，或衝拳劈掌，疊羅漢超出圍觀的人群，神氣十足緊跟獅隊，穿雲越霧而去——巡遊的熱鬧醒獅，舞過華美樓，走過瀑布灣，鑼鼓咚咚，銅鈸鏘鏘——繁絃急管，急管繁絃，五十年磨一劍，我還未學七星步。

二十年

師父曾經在七十年代初的《黃飛鴻》電影中任女主角。十年後，我們結師徒之緣。

一九八五年，劉師父說要到台灣「做生意」，我失學了，十分失落。師父在給我的第一封航空郵簡中說：「我在三重市開了一間小吃店，是賣牛肉麵、陽春麵等，間中也去電視台客串一二套武術指導……將來有機會我極希望在台設館，因這邊教國術的甚少，而我也不想鷹爪派就此消失。」她問我：「你有練拳嗎？」

這一年深秋，我參加第一屆「全港公開國術群英會」，以「五虎拳」參賽，寫信告訴師父。師父囑我買一套精武衫，在背面繡上她父親的名字。我嚇了一跳，師公劉法孟是香港南傳鷹爪宗師，和葉雨亭、耿德海齊名，人稱「河北三傑」，雖已在一九六四年仙逝，在武術界是何等地位！我真怕丟了師公的臉，但我還是照做了。不久，師父在另一封郵簡的開端中說：「我不知用甚麼辭句來形容我高興的心境，當我收到你送給我的金牌……。」

兩年後，師父回港，擔任香港大學中國武術學會教練，找我當助教。師父極受學生歡迎，我和師弟妹感情也很好，偶然練雙飛腿比高。阿驊說：「和師兄的雙飛腿差不多踢到六呎高。」某天，師父領着幾個弟子到電視台表演，現場直播。幾天後，師父問我有沒有興趣參加亞運會武術比賽的培訓班。她說葉師伯的一個弟子是香港體育界很有影響力的富商的兒子，見到我在電視台表演，問葉師伯我會不會有興趣。那是一九八七年，我大學畢業，剛找到中學教席，還未上任；如要參加培訓，就要解約。那時我已經很清楚自己的人生路向——以文學為事業，不涉足武林。但我還是半推半就的當上了香港大學中國武術學會教練——一九八九年，師父移民美國，交棒給我。

在我保存的師友手寫信中，找到八封師父移民美國後寫給我的信，大部分是一九九〇年的來信，有一封說港大中國武術學會的主席「及他們幹事開過會，欲升你為導師……你千萬不可推辭，對我對鷹爪門以後的發揚機會全在你手裏」。師父這樣說，我答應了。她來信：「我真代表先父與列宗多謝你。」但我在教拳之外，還要應付種種是非，而師父的來信，幾乎每一封都談到她與上一代、她與某弟子、弟子與弟子之間的問題。我寫信給師父，提到自己不擅處理「人」的是非，感到疲倦。她回信說：「而你也要涉足於這江湖與及人與人之間的是非圈真是難為了你。……和，很抱歉把你捲入漩渦中。希望你能當作是人生另一階段的考驗。」黃師伯打電話來，邀我出任有武術班的某社團理事，又打電話來邀我參加國術總會的裁判培訓，我都婉拒了。文無第一，武無第二，香港文壇「余派」（余光中詩派）問題已經是非多多，武術界的是非更埋身；三年後，我還是引退了——原來那麼多人覬覦大學國術學會教練的頭銜——而我再無面目見師父。

那是我結婚、生了孩子、教書念碩士、買了房子要供樓的歲月，工作和生活壓力都不小。到港大教拳，車程要一個多小時；教拳後和師弟們吃完晚飯回家，已是深夜。我已經忘記那時為甚麼精神總是繃得緊緊的，甚至有點神經質。我的第二本詩集《柚燈》，陳實先生評說「處處有一種奇特的寧靜」；可是到了第三本詩集《火中之磨》，鍾玲老師賜序，說我是「沉思者」、「詩人常呈現了內心世界『凌亂失衡』的狀態」，而《火中之磨》所收，正是一九九〇至一九九三年間的詩作。

和師父斷了聯絡近二十年，某天在辦公室，收到源師弟的電話，說師父找我，要把我表演的錄像放到網上，徵求我同意。我打長途電話到美國，緊張得屏住呼吸，師父第一句話：「很久不見。」略帶怪責的語氣，但很快，大家就談得很好了。幾個月後，師父回港，我們闊別近二十年重聚。那天她帶了美國、巴西、希臘、英國、波多黎各很多弟子來港，拜祭師公、到佛山交流，然後去山東比賽。在美國等地發揚鷹爪拳二十年，師父已是世界知名的鷹爪翻子門宗師。吃飯的時候，師父笑得很開心，對洋人師弟說她在台灣時，我常寫信鼓勵她出山；又說我現在是大學教授。

我陪師父到佛山交流，在佛山的酒店住了一晚。師父叫我「耍套拳」，我說已經沒練拳二十年，廢了武功，筋骨都硬了，跳不起，最後勉力打了一套純鷹爪的羅漢拳。第二天下午，我們乘火車到廣州，師父領弟子們去機場，而我要回香港。師父在火車站入閘後，幾次回過頭來看我，嘴角顫動，喃喃自語，流着淚。我是師父第一個入室弟子，也是她在香港唯一的入室弟子——師父移民美國前，說要收我為入室弟子，還請了黃翰芬師伯、葉希聖師伯、一眾港大弟子做見證。我跪在師父面前奉茶——而我做了逃兵，挑不起大樑。

我在燈下專心致志畫拳術圖譜。

我大學畢業，師父到中大和我拍照留念。

我結婚，師父專程從美國回港喝喜酒。

師父說初到美國，在餐館「洗大餅」。

師父說，洋人要你摔倒他，才會心服。

師父說，在美國遇到交通意外，被汽車撞到飛起……。

我站在入閘機外，二十年凝為一瞬。那是我第一次看見師父流淚。

大學畢業，與劉莉莉師父合照

王良和年輕時手繪的「雁行拳」圖譜

「惡記」魚蛋粉

噠……噠……，噠……，噠……噠……噠……。白天，開着暖黃燈光的廚房傳出不大有規律的聲音。每一下「噠」，碗櫃似乎感受到震動，疊高的米通碗抖得微微發出叮——叮。一個男人背對門口，站在鋅盆前，低着有點灰白的頭，右手抓、捽、抓、捽。女人走進廚房問：「起膠了？」男人轉過身來，似乎累死了：「真難搞！」

那男人就是我，又要做實驗。有板有眼地模仿魚蛋師傅，捏着拳頭擠出一顆一顆門鱔魚蛋，整整齊齊放在碟子裏，蒸熟，放湯。妻子、兒女每人吃了一顆，即時點評：「腍劈劈，一點都不好吃。」

又失敗了。都是「洪記」，撩起了我的心癮。

許多年前，袁兆昌帶着《明報》的記者到大埔試食魚蛋粉，先試「欽記」，評八十分，再試「洪記」，評九十分（大意，或有誤記）。報道出街後，引得我跑到大埔街市樓上的熟食中心，也是先試「欽記」，驚為天人；再試「洪記」，一吃，「洪記」頓時升天，「欽記」下凡。此後作了兩三次「對比吃」，越吃越覺得「欽記」的，不能和「洪記」比，湯底、炸魚皮，尤其是魚蛋，頗有距離。吃魚蛋，我首重「魚味」。「欽記」魚蛋雖然大粒些，細滑彈牙，但好像有點酒味，魚味不濃；「洪記」的魚蛋，細粒，粗糙，有一定口感，不大彈牙，但偶然吃到感覺不錯的碎魚骨，最重要是魚味重。魚味重的魚蛋，在香港，幾乎絕迹。

最初幫襯「洪記」，總是一肚氣。四、五十歲的老闆，穿着螢光T恤，在輕煙中不停勞動，樣子誠樸。老闆娘和瘦瘦的女夥計，總是不理人，走到她們面前説要一碗魚蛋粉一碗淨魚蛋，木無表情，不望人。好不容易落了單，魚蛋粉遲遲沒送來，上前探問，黑口黑面回一句：「未到你！」店前的四張圓桌，是他們的，但星期六、星期天早上，幾乎半個場的熟食檔，食客都在等他們的魚蛋粉。這時叫魚蛋粉，老闆娘例必板起臉孔：「起碼等五個字。」人再多時：「起碼等半個鐘。」最初我驚訝的應一句：「吓？五個字？」即時見到招牌「黑臉」。有時想，自己也算是個文化人，說話「唔該前唔該後」，吃一碗魚蛋粉，為甚麼要受這種鳥氣看這種嘴臉？

幫襯多了，習慣了，見怪不怪，更有了心理準備，反而平靜下來，耐心等，然後好好欣賞一碗用心製作的魚蛋粉，喝一口魚骨熬的好湯，細味咬碎魚蛋時滲出的魚香。這時，頓覺塵世靜好。我對守護傳統、用心工作、堅持把好東西承傳的人，都有一分尊敬。於是，換了另一種眼光看「惡記」。「惡記」不是我改的——某天和妻子在寶湖花園街市的小食店吃晚飯，同桌的夫婦，一講到「洪記」，就改稱「惡記」。有一次，同桌正在吃魚蛋粉的女人，也是大埔人，劈頭就說：「差多了！他爸爸在生時，做的魚蛋好得多！那時的門鱔炸魚皮，大大塊；哪像現在，魚皮一小片，粉就一大團。他們怎算惡？他爸爸才惡！吃他爸爸的魚蛋粉要站着等一個鐘，你催？他就罵：不能等就走！常常見到他和食客『嗌交』，但等吃的人還是很多。他的兒女、新婦怕他怕得要死，他一開聲罵，全部變鵪鶉！他爸爸有一種獨門的碎銀記憶法，幾十個人叫魚蛋粉，用五毫、一圓排在桌上，可以記得誰先誰後，很少搞錯，完全不用編號，不用寫單。他爸爸死了，他哥哥做，魚蛋就差了一些，到這個小兒子做，又差了一些；但湯底，仍是他們最好。我家姐，從七毫子一碗開始，我呢，從一塊三開始，吃到現在二十五塊一碗。總之再吃不到以前最好的魚蛋粉了！」大埔人話當年，使我認識到「惡記」之惡的歷史，悠然想像大埔昔日的魚蛋粉文化，又帶點遺憾，沒有見識到「更惡」和「最好」。唯有做實驗，寄希望於自己的雙手。

妻子說：「還有一粒，你吃吧。」

我說：「我吃了很多了，你吃吧。」

妻子說：「拜託，不要再拿我們做實驗了！你安分守己寫寫詩；吃魚蛋粉，搭小巴去洪記吧。」

七十年代的華富邨街市

我不諱言是個街市行者，每一天迎面而來，過眼雲煙的謀食臉孔，呼魚喊菜的高亢聲音，藝熟的營生手腕，都令我流連忘返。比如穿行於華富邨的街市。這華富邨，前身是墳場、亂葬崗，點化成高樓處處的新型屋邨後，竟成了窮人的富貴屋苑。是的，這裏經常鬧鬼，鬼故事特別多。不必怕，連小孩子都夠膽帶着蒜頭捉鬼，那些鬼也不會厲害到哪裏去。我反而覺得人更加可怕呢。

一九七一年剛搬到華富邨，第一次踏進街市，真有一點新奇的驚喜。它不是那種露天、攤子處處、地面污黑濕漉的舊式街市，而是巧妙設在商場的底部，晴天雨日，買菜也不用撐傘。你只要沿着華富道，向左走到瀑布灣道入口，左轉，落斜路就見到。然而，這是許多年後，習慣上網看街道圖的新世代，或者依路牌尋路的遊客的指認方法；那年代的居民，沒有甚麼街道意識。他們會説，邨口，大大公司，華泰樓，華明樓，雞籠環，商場，郵局，街市，惠康，4號巴士站，小巴站，華富酒家，永德書局，卻從不説街道的名字。除了經過時偶然瞄一眼斜路口「Waterfall Bay Road瀑布灣道」的路牌。

是的，就沿着瀑布灣道下行。街市的入口，左邊是惠康超級市場，大大的英文Wellcome，有多少人懂得是甚麼意思？剛搬到這屋邨來的人，都是第一次見識「超級」市場。裏面，除了特別多女人，還特別多小孩。買菜的人拎着菜籃，偶然會看到穿着灰色長衫、灰色長褲，趿着膠拖鞋，樣子誠樸的中年女人，氣急敗壞地走下斜路，走向「惠康」門口——一個面如死灰的小孩，雙手插在褸袋中，身旁站着穿制服的男人。他麼？多數是偷糖的小孩，給職員抓住了。怎樣處置？那年代的人，仁慈些，很少報警。

小孩子嘛，給個機會，好好教導，會改過來的。（明天，他也許會和其他小孩滿腔正義一起追打垃圾蟲呢！）他媽媽為孩子道歉，之後拉高面衫，在碎花內衣的兩個袋口中摸來摸去，找出碎銀，買了那筒糖，寒着臉把兒子罵回家去。

惠康對面的雜貨店，店門口本來有兩個大木桶，高高的白米山，走近會聞到粉滑的米香，偶然有兩三隻黑色的穀牛在米堆中玩耍，引得小孩子用手掌去撈，撈到又張開手指讓穀牛沙啦沙啦跌進米丘中。居民習慣在惠康拎着一袋五公斤泰國米和一膠袋一膠袋的食物後，雜貨店的米桶就消失了，當眼處是整整齊齊的雞蛋小山。一個明亮的燈泡低垂，店員五指張開，一次抓起四隻雞蛋，在燈泡中一掃，照出微紅的圈暈，偶然有黑點，好蛋壞蛋就現形了。黑白相間的鹹蛋，卻是一隻一隻照的，白邊透光，可以窺見裏面的紅暈。有時，一個工人坐在店裏，在紙皮箱中抓起一個泥黑的鹹蛋，用銀色的小刀俐落地刮出一坑一坑的白邊，邊刮邊轉動鹹蛋，就像撥琴絃，如果你喜歡聽刀鋒與蛋殼輕擦、黑泥粉落的磁磁，那就有點聽音樂的感覺了。而每一間雜貨店，當眼處總有一個敲開了大缺口的瓦缸，裸露着一塊塊暗青沾着辣椒紅的榨菜，連同蝦米帶着海水鹹味的鮮香、鹹魚的霉臭、花生油濃稠的氣息，空氣中充滿生活中的甜酸苦辣。

一個小學生在門外說：「三毫子麵粉。」

「三毫子，好少嗰噃。」

「買嚟釣魚，少啲唔緊要。」

於是店員在厚厚的黃頁簿中唰的撕下一頁，摺成漏斗，把一個銀色的勺子插入麵粉山。

華富家庭用品店，每天都擠滿買菜刀、砧板、生鐵鑊、鑊鏟、瓦煲的女人。你會經常聽到這句話：「襟唔襟？」那是耐用不耐用的意思，這個時代的追求、生活哲學。我想，我也是個積極學習生活的人，從小就學會燒飯、買菜、炒菜。到這裏買砧板，老闆娘提醒我，新的砧板要用花生油塗抹，讓木頭多吸油，才不易裂開。買瓦煲，她又說要先浸水兩天，煲底也要用花生油抹幾次，這樣才可防漏防裂。知識總是從經驗中來，街市人有街市人的學問。你不要少看這些天天在街市買菜、講價的女人；也不要少看那些賣魚賣雞的小販，他們有多少學問和絕技？我的一個親戚，開南貨店的陳三姑，在《歡樂今宵》參加剝蠶豆比賽，現場觀眾一分鐘剝二十五粒，她呢，一分鐘剝一百七十二粒！（她織了兩件毛衣給我。）所以我常跟小販閒聊，有機會偷吓師——怎樣用鹹水草「一手紮」氣脈相連的把一斤菜心綑紮得左右平衡？這年代，傳統的好東西、活手藝都消失得七七八八了。有時候我會努力追憶這一張、那一張堅毅營生的臉——夢遊似的，穿行於記憶中的街市——好像他還活着，就像我的父親。

瀑布灣道

走過那麼多虛渺的雲山石路，還有密矗矗迷宮似的摩天大廈，我終於回到出生、成長的地方。這樣的長旅，長了多少見識，如何磨礪意志，對我以後的人生有甚麼影響，我感到冥冥中的力量在推移。太陽緩緩西沉，我的衣服散發落日柔和的亮光。記憶的光暈可及之處越來越小，不會很久的，眼前一黑，沒有了海灣、岸邊的房子、街道上的行人，沒有我，想告訴你尋常但有意味，或不尋常但終必遺忘的見聞，都沒有可能了。所以我現在要做一次嚮導，你跟着我就是了。

華富街市對面是屋邨辦事處，買菜時順便交租，向職員查問甚麼，都很方便。向上行是市政局公共圖書館（現在已沒有市政局了），向下行是郵政局（香港郵政局的標誌換了)。每個初搬來的小學生，大概都會去一次郵局學習寄信——寫一封信給自己，寄給自己。

從街市弧形下行，再弧形上行，差不多就是整條瀑布灣道，這是全華富邨海景最美麗的地方。瀑布灣道依山而建，從華美樓到華建樓，一段像項鍊的斜路，買菜的人，釣魚的人，游泳的人，燒烤的人，散步的人，離家又歸家的人，走在下坡、上坡的路上，在越飄越高、藍天下曳着長尾的風箏眼下，都成了一顆顆黑珍珠。

路的左邊，是藍汪汪的大海，這種在陽光下閃着碎金的瑩澈的柔藍，可以越過岩石，湧到人心裏，把人變成靈動善感的海。站在瀑布灣道，可以看見鱷魚島和南丫島。鱷魚島外形像鱷魚，這名字是四十多年前我們起的，它的正確名字是火藥洲。

我常常走過這條路，因為到釣魚台釣魚，或者到石灘游泳，都要從這裏左轉，下坡，走過崎嶇的石路到海邊。這條斜路上，總有大人、小孩，光着上身、穿着泳褲、趿着拖鞋，慢慢上坡、下坡。也有額頭戴着潛水鏡，手挽蛙鞋的年輕男女，甚至用頭頂着吹脹了的橡皮艇，兩手抓着艇邊的青年，在烈日下投奔夢幻的海灣。釣完魚的人，提着一小桶或半小桶魚獲，從石灘走到這條路上來，經過的人總會好奇地往桶裏瞧：「釣到乜魚？」我最輝煌的戰績，是用六爪鈎，一天「挫」了七條臉盆長的烏頭，上午四條，下午三條。捧着大面盆裏的烏頭從瀑布灣道回家時，一個女人還問我「賣唔賣」，説要給孩子煲粥仔。當然不賣，那是人生開始嘗到的成功感。

從華富道左轉駛向瀑布灣道的車輛不多，這條斜路也就成了孩子的「遊樂場」。剛搬來時，偶然看見穿着汗衫、短褲、拖鞋的小孩子，坐在自製、簡陋的木板車上，從郵政局外的斜路往下衝。後來換了穿上「Texwood」牛仔褲的少年，踩着雪屐向下滑行。再後來，是穿着光鮮運動裝、Adidas運動鞋的青年，有型有款地站在滑板上，蛇游而下，朝瀑布灣的方向飛馳。

經過露天停車場，上坡，走一小段路，左邊就是瀑布灣的入口。一條小瀑布，就掛在濕黑的崖壁間，水並不潔淨，因為中游的牛奶公司，養了不少乳牛，下游有一些農民，養雞養鴨，溪水受到污染，有點暗黑。

瀑布灣是燒烤的好地方，小孩子喜歡到這裏釣魚、捉魚、撿火石。七十年代，你在瀑布灣的入口，常會看見來燒烤的人，從華生樓對出的路口，另一邊的瀑布灣道下行，經過華建樓、寶血小學來到這裏。他們手拿一大綑鏽跡斑斑的燒烤叉，走到山坡下的海灘，第一件事就是插沙——不斷把鐵叉插進沙裏，把鏽跡擦掉，直到生鏽的鐵叉變回銀亮。今天，再沒有多少人會把燒烤後的鐵叉帶回家裏，留待下一次再用了。這是一個即用即棄的年代。

如果你問我在瀑布灣入口的街道上見過的最難忘的事，我會說：那是入黑的一個秋夜。幾個女人在這段上坡下坡的路上走來走去，一臉焦急倉皇，見人就問有沒有見過一個五六歲的男孩，穿甚麼甚麼衣服的，他本來和家人在瀑布灣燒烤，大家收拾東西離去時，卻找不到他了。當途人搖頭的時候，其中一個女人就大哭了，她一定是失蹤孩子的媽媽。我們一直聽到那大哭大喊的聲音：「他一定給海浪捲去了！他一定給海浪捲去了！仔呀！仔呀！嗚……嗚……」途人幫忙四處找，我走到海邊——黑夜的海，白浪翻滾，夾雜震撼人心的濤聲，沙……沙……崩……。那是和晴陽、藍天下完全不同的海灣，閃着詭異的浪的幽光。

走在瀑布灣道上，我偶然會聽到隱隱約約的凄厲的哭聲，使我有許多想像。我加快腳步上行，路的盡頭，就是瀑布灣道與華富道的交界。前面就是華生樓，這裏常有不願走樓梯的小孩，跨過鐵欄，從斜坡爬下來。我們從另一個路口，下坡，上坡，走完瀑布灣道，從這裏離開；他們迎面而來，和我們打個照面，走在我們站着的街道上，走向瀑布灣，開始新的旅程。

最後，我們來到了西九苗圃公園

——尋找木油樹

一

有人約我寫樹。我說好。

木油樹，名字沒聽過。看開花的圖片，肯定見過這樹，是在海邊的公園嗎？看結果的圖片，三條縱長的溝紋，表面有皺紋，肯定見過這樹，哪裏呢？記不起了。不是開花的季節，不是結果的季節，要找樹，憑甚麼記認呢？找到了，又代表甚麼？

有樹躍起！純粹的超升！奧菲在歌唱，耳中高聳的樹喲！許多年了，心中常常迴響這些詩句。

心中，有樹。

在網上搜尋，說沙田公園有木油樹。　天午後，和妻子一同尋樹。走過沙燕橋，沿着沙角邨的馬路，眼睛不斷在河邊樹間浮高浮低，看看哪一株樹的葉子如手掌，有開裂，還要留意葉柄頂端有沒有兩枚杯狀的蜜腺。

有人在樹下用木板、藍白防水布搭起簡陋的小屋，屋外掛着的白紙牌寫着「理髮」二字。我探頭進去——兩個女人站在木椅旁，為兩個安安靜靜坐着的小孩剪髮。鏡中的小孩，彷彿在西邊街的巷子裏，彷彿在雞籠環的空地上，坐在剪髮專用的椅子上，把手從袍中伸出來，抓了抓青白的小臉，瞥見鏡中門外，有人偷窺——在二十一世紀的沙田，而覆蔭這小屋的不是可高達十二米的木油樹。

河邊地上，躺着兩三條烏頭，銀鱗閃閃，魚鰓開合。兩個中年男人在橋上用長竿釣魚，一排單鈎，不用魚餌，隨意挫魚，也有收穫。河水不像十多二十年前臭，他們說，釣上來的魚可以吃。

一邊尋樹一邊過河，走進沙田公園。那麼多樹，哪一株才是木油樹呢？看看這株樹的名牌，不是；那一株，又不是。這是掌形葉的樹了，名牌寫着：七星楓。上坡，下坡，抬頭，天空銀亮，樹葉陰暗。寫榕樹就好了，眼前的榕樹，垂着一叢叢的長髯，樹根都爬到泥土上來，像極了美杜莎的蛇髮。有一雙帕修斯穿過的飛鞋就好了，不斷妖，不屠龍，輕如無物，在樹冠檢視葉子，從不同的角度認識一株樹，從全新的角度寫一株樹。

走着走着，來到頗有江南風味的內園。紅瓦涼亭、白石拱橋被淺綠的池水包圍，小瀑水聲潺潺，瀉出於假石之間。池邊種了各式花木，就是沒有木油樹。早開的桃花，點點節日吉祥的色彩。新的一年將臨，多少年沒有看到裝飾一個家的桃花？我們的心沉靜下來，推開窗，就見到城市的水樹、花樹、陽光。

在沙田住了二十年，常常在沙田公園閒逛，有一段時間，星期天早上獨自到這裏來練拳，竟不知道這裏有一個小橋流水的內園。

二

木油樹（Vernicia montana）又稱木油桐，和油桐（Vernicia fordii）很相似。都是落葉喬木，生長迅速。樹葉都是單葉互生，闊卵形，掌狀脈，全緣或淺裂；都是春季開白色花，雌雄異株，聚傘花序生頂端。這兩種樹的主要分別是壽命和果實的外形。油桐又名三年桐，種植三年可結果，壽命約二十年；木油樹又名千年桐，壽命長得多。油桐的果實先端突尖，果皮光滑；木油樹是卵形核果，果皮三縱棱，表面多皺紋。有網站引《中國植物誌》，列出這兩種樹的分別：

木油樹（Vernicia montana）	油桐（Vernicia fordii）
一　葉全緣或2-5淺裂	一　葉全緣，稀1-3淺裂
二　葉柄頂端的腺體，杯狀，具柄	二　葉柄頂端的腺體扁球形
三　果具三棱，果皮有皺紋	三　果無棱，平滑

我的尋樹之旅，難題來了。還要待兩個月，才能等到木油樹開花，不是開花的季節，不易一眼發現木油樹；不是結果的季節，不要說分辨木油樹和油桐，連木油樹、油桐都難以找出來。

一天黃昏，我和妻子來到尖沙咀的九龍公園尋找木油樹——又是有網站說，九龍公園有木油樹。

九龍公園比沙田公園大得多，找掌狀葉的樹已經困難，加上全緣的闊卵形葉，就更缺乏焦點，苦了眼睛。

「究竟你知不知道九龍公園有多少棵木油樹？」妻子問。

我搖搖頭。

「要是只得一棵，怎麼找？」

我點點頭，表示認同。

我們找到噴泉水池，只見巨大的圓形水池，中央噴起兩層樓高的水柱。許多人坐在粉紅色的池邊，閒談、看書、畫畫。強勁的音樂在不同的角落升起，這裏一群人，那裏一群人，用手提電腦播放輕快的音樂，在大喇叭前含蓄地搖手扭腰跳舞。不同種族、不同膚色的人，包頭的回教徒，唱聖詩的天主教徒，融入了星期天輕鬆的音樂節拍。而我和妻子停下來觀看一會，就三百六十度不斷看樹認樹，尋到白色的橋上，天色開始暗下來，一個個金黃的燈球亮起，橋下，池水暗綠，水中疏疏落落種了一蓬一蓬的水生植物，石間佈置了橫臥的斷樹。池邊，高聳深綠的榕樹垂着縷縷長鬚，橋欄掛着介紹孔雀、天鵝、紅鶴、黑雁等禽鳥的圖版。而我們今天只看樹，不看鳥。

抬頭，發現高臺上有一棵掌狀葉的樹，正要上去，入口卻下了柵欄：「遊人止步」。天色越來越暗，根本看不清樹的形狀、葉子的姿態，只好離去。走着走着，看到「綠化教育資源中心」的指示牌，搭電梯上去尋訪，或許中心職員會為我們指點迷津——中心已關門，門外種了美麗的花草，沒有木油樹，連照片都沒有。

在公園的出口，欣喜遇上水仙花、盆景展覽，終於可以靜下心來欣賞。

三

油桐和木油樹的果實都可以榨桐油。桐油分為生桐油和熟桐油，生桐油顏色較淺，用於醫藥和化工；熟桐油由生桐油加工而成，成分含有松香等化學物質，顏色較深，可代替清漆和油漆用於機器保養等。老一輩的人，過去或以桐油點燈。父親說過，他小時候在紹興鄉下，家裏點的就是桐油燈。琦君的散文寫到桐油燈，余光中的詩〈桐油燈〉，邊讀邊令人眼前浮現昏燈暗夜的舊時代，無端生出孤獨感、文化鄉愁：

記得在河的上游

也就是路的起點
有一個地方叫從前
有一盞桐油燈亮着
燈下有一個孩子
咿唔念他的古文
……
於是我重尋出路
暫且（或者是永恆？）
留他在夜色的深處
在河之源，路之初
去獨守那一盞

漸成神話的桐油燈

還是梁文騏寫父親梁實秋在家中與訪客作戰——下圍棋，熱戰之熱烈氣氛，「桐油燈」在「暗弱」中反而加了一點光暈火氣，燒得讀者渾身發熱：「落子如飛，如驟雨，如爆豆，速度既快，盤數遂多。輸的紅了眼，贏的吃開了胃。在恨恨聲，驚呼聲，抗議聲，嘻嘻的笑聲，喃喃的自語聲，哀嘆呻吟聲中，在桐油燈的暗弱光線下，不知東方之既白。」這是我見過的，最熱鬧、最明亮、最有生氣的桐油燈了。

過去的人，是怎樣從油桐、木油桐中榨出桐油來的呢？在網上讀到〈萬縣桐油手工壓榨技藝〉一文，說桐油的生產工序有十三道：

（一）收穫：桐樹掛果成熟後，就用竹杆敲打下來，收回家。這一工序俗稱打桐籽、撿桐籽。

（二）堆碼：就是將收回的桐籽長時間堆放在一起，讓桐籽外殼變軟，這一工序俗稱捂桐籽。
（三）去外皮：就是待桐籽的外殼捂軟後，將外殼剝去。
（四）去內皮：將剝了外皮的桐籽鋪在壩子裏曬乾，然後用連蓋打碎，現出桐米。
（五）烘乾：將桐米鋪入炕床火炕。
（六）碾壓：將桐米傾入碾槽，由老牛拉石碾進行碾壓，直至漿糊狀。
（七）薰蒸脱硫：即把碾壓後的桐米上甑薰蒸溫度達一百度以上，這一工序主要是脱硫。
（八）踩餅：將已脱硫碾碎的桐米裝入箍有鐵圈的稻草中，踩成餅狀。
（九）上榨：將踩好的餅一個挨一個裝入榨盒內。
（十）打榨：將榨盒內的「餅」用木楔楔緊，然後用撞杆撞擊。這一工序一般為二至三人操作，撞杆前端一人或二人，尾端一人。前端的人主要是發力，後端的人主要是瞄準。打榨時，還要唱（喊）榨油號子。喊號子一是為了合拍，勁往一處使；二是通過喊號子增添情趣，忘記疲勞；三能展示我國的傳統文化，體現出一種民族勤勞的精神。

（十一）出油：通過打榨，木楔漸緊，桐油就被漸漸擠壓出來。

（十二）過濾：將油渣進行第二次上榨，再打。

（十三）裝桶：就是將桐油進行包裝，以待運出銷售。油桶分木質和篾質兩種，大小各異。

甚麼都機械化的年代，很難想像人工榨桐油那麼複雜。打榨時，榨油喊號子，離不開男女之情，文章介紹了這樣的號子：「秋季裏來秋葉黃，么妹燈前晚卸妝，滿頭翡翠都摘下，一點朱唇無人嘗；么妹相思在繡房，哥哥流汗在油坊，有朝一日回家轉，日同板凳夜同床。」這樣在相思、同床的想像中流着汗勞動，或許能減輕一點生之苦。

在網上看到一張照片，灰色的磚牆下橫躺着中間挖了深坑的一根大木頭，那是元朗新田大夫第的桐扣盧，是當年以木油桐果實榨油的地方。不同的地方，應有不同的榨桐油方法，可惜我找不到桐油業史料，講述香港農村昔日榨桐油的工序，而香港榨桐油的方式，也沒有被視為甚麼「技藝」，而獲政府垂青，加以宣揚。

桐油製成了，可以用來保護木器，製造油布等防水材料，可以塗在紙傘上成為油紙傘。小時候，我在西邊街見過有人在下雨天撐油紙傘，後來搬到華富邨，念小學、中學時，油紙傘是學校舞蹈組表演傘舞的道具。看粵語長片或民間傳奇，總覺油紙傘為蛇精、狐妖、鬼怪遮擋陽光，多少有點陰氣。問已為人師的兒子有沒有親眼見過油紙傘，他搖搖頭。在他們這一代，油紙傘只是知識、概念上的事物，早已逸出了他們的經驗世界，難怪連我們都未見過木油樹、油桐了。

四

有網站說，嘉道理農場山頂有木油樹。中午，妻子買菜回家，我說，去嘉道理農場尋找木油樹吧。她說：「等一等，讓我先洗把臉。」

我們在太和火車站搭巴士前來。嘉道理農場的名字如雷貫耳，但我還是第一次來到這裏。買了上山的車票，還有一個鐘頭，就在園裏逛逛，吃螺絲粉，喝香芋咖啡。在一株巨大的鳳凰木下，露天的寬大豬圈裏，躺着三隻粉紅色、豬頭淺黑、身上有幾幅淺色黑斑的肥豬。看介紹板，才知道這原是二〇一三年八月一日正式成為嘉道理農場「教育大使」的大花白小豬，宣揚「少吃肉」的環保訊息。三年多後，牠們已長成大花白大肥豬！一隻悠然側躺的「大花白」，正接受一個女工的按摩服務。女工柔着手給豬臀、豬腹打圈圈，豬瞇着眼睛午睡，舒服死了。女工後來停了手，起身離去；「大花白」連忙站起來，緩步跟着她。我聽到牠在後面撒嬌似的說：「再按摩一會吧，不要走！好舒服啊，再按摩一會吧！」

鳳凰木吊着一枝一枝長長的、又乾又黑的莢果，在樹冠的高處，連接着蔚藍的天空。念中一時，生物老師要我們摘這種莢果回學校觀察，我和兩個女同學從華富邨尋到了薄扶林水塘，闖入了花圃，被一群狂吠的惡狗追。那天見到樹上許許多多莢果，但無論我們跳得多高，都無法摘到。對此，我一直耿耿於懷。沒想到四十年後，為了尋找木油樹，尋到嘉道理農場的山頂——希望不會又一次失敗吧。

在山下看了熱帶植物、被圓形鐵絲網圍護的樹苗，又到博物館看昔日嘉道理爵士贈送黃牛給女農民的照片，就乘車上山。車在山間盤繞而上，我們一邊悠閒看樹，一邊尋找類似木油樹的樹。

「山頂是不是終點站？」

「甚麼山頂？這車是循環線。」司機說。

我和妻子在車子開始下坡時下了車，向山頂進發，沿途觀察樹木的葉子和樹幹上的名牌，沒有收穫，一路尋到觀音山，只見一尊站着的青銅魚籃觀音。旁邊的介紹牌，這樣介紹雕像的造型姿態和手勢形相喻意：

（一）頭頂的髮髻為無極符號。

（二）眉心輪：元氣的中心，又稱第三眼氣輪或慧眼輪。

（三）三個蓮蓬代表塵世三個空間：過去、現在、未來或人間、天堂、地獄。

（四）胸飾：早期基督釘十字架的象徵圖案。

（五）交叉重疊的垂掛飾為古老猶太符號Aleph，即希伯來文第一個字母，亦是裝載着DNA的染色體形狀，即所有生命的藍圖。

（六）施與印：表示施願與佈施。

（七）魚象徵生命力。

（八）蓮花座代表積德行善和回歸自性本源：從俗世塵濁步向光明的覺悟。

我的父親拜觀音，家中的飾櫃上有一個造型絕美、雕刻極佳的木雕觀音。父親常常虔敬禮拜，有時躺在床上，迷糊間會喊「觀音菩薩救我」。我雖然喜歡觀音像，在日本的博物館，更見到兩個令我讚歎不已、久久注目欣賞的宋代木雕觀音頭像；但我對觀音的文化內涵所知不多。木油樹把我們帶到了觀音山，認識觀音銅像的文化內涵，不同宗教在一個青銅像上交融。

我們在這一帶尋找掌狀葉的木油樹，沒有收穫，忽然在小路上聽到一個中年人為一對中年夫婦解說所見的樹木叫甚麼名字，有甚麼特性，似是樹木導賞團的領隊，連忙趨前請教。他說他們是朋友，不是甚麼導賞。

「木油樹？不會長在海拔這麼高的山。粉嶺火車站有呀，近蓬瀛仙館那邊。」

我和妻子謝過專家，決定徒步下山，黃昏前到粉嶺火車站尋找木油樹。

我和妻子念大學時，常常郊遊，更期望將來有一所小小的房子，在山下，在海邊。「葉慈在〈湖心的茵島〉中，不也渴望結一座小小的茅蘆嗎？種九行豆畦，搭一個蜜蜂的窩巢。」我在〈山水之間〉中這樣説。但婚後，我們忙於工作、照顧孩子，除了外遊，在香港，已很少郊遊了。為了尋找木油樹，今天，我們來到了觀音山，環迴三百六十度看山，俯視山下的村屋，放鬆心情，沿途欣賞美麗的風景，認識不同的樹木。

「那邊的紅葉多美！」我指着對面山萬綠叢中一叢一叢的紅葉。

「那不是紅葉，那是香港櫻花，本土特有的。」一個中年男人説，他帶着八十多歲的母親行山。

一聽到「本土」，我就感到分外親切，和他們聊了一會，就拉着妻子的手，沿「吊鐘路」的指示牌，走去看花。像桃花的枝條上，彷彿沒有葉子，密密開着無數小鐘似的紫紅花朵，走在樹間，好像全身都會染紅。我和妻子不禁驚訝香港竟然有這樣的自然美景，就像去日本旅遊時看到的美景。其中一株樹的名牌寫着：「薔薇科 鐘花櫻桃Taiwan Cherry 原產地：中國、台灣、日本、越南」。那麼，中年人為甚麼說這是「香港櫻花」，還說是本土特有？

和妻子邊賞花邊拍照，看到有人在草地上，用早開早落的杜鵑花，砌了一個大大的粉紅色「心」形圖案，我和妻子望着這個「心」，為有心上人的人內心的喜悅、幸福而微笑。舉起照相機，咔嚓，日正西沉，我們的影子，和落花砌成的「心」，一同攝進了鏡頭。

在粉嶺火車站、蓬瀛仙館一帶尋了一個多小時，一株木油樹都找不到，石栗倒有很多。妻子笑着蹦出一句：「點解鄧小樺咁人整蠱，畀啲咁難搵嘅樹你寫？」

五

和妻子走在大埔墟的休憩公園，前面的男人擋住了一株樹，她哎的叫了一聲——看見露出了一半的樹木名牌寫着「桐」。油桐？千年桐？木油桐？

男人走過後，我們看到全個名牌：血桐——有點失望，心沉了一沉。

為了尋找木油樹，連帶認識了平日忽略、不認識的樹。比如血桐，葉子是卵圓形或近圓形，有點像某種非掌狀葉的木油樹葉。但是，如你拗斷血桐的枝條，會看到裏面微微滲出因氧化而變紅的樹液，像血。血桐的主幹下方已長出很多分枝，不像木油樹的主幹那麼高挺，有些血桐的葉子很大，彷彿小象的耳朵，因此血桐的英文名稱是Elephant's Ear。尋找木油樹的過程中，路邊看到的，多是血桐。我家大門口的小山坡，原來種了幾株血桐，以前還不知道樹的名字呢。春天葉子密，在平台的電動樓梯上俯望，竟覺血桐有點像「塔菇菜」。在香港，隨處可見的是血桐，不是木油樹。有網站說，木油樹在香港「野外常見」，但我「搵到死死吓」，尋到嘉道理農場、觀音山都找不到一棵，這也說「野外常見」？

桐油可以做桐油灰——熟桐油加入石灰再摻入小量麻筋攪勻，那是自古以來造房、造船必不可少的黏合劑。小時候，甚麼東西漏水，大人就說用桐油灰修補。那時喜歡養魚，但我沒有錢買魚缸；一個在垃圾房外「執到」、長方形的魚缸，抬回家注水後，其中一條玻璃膠漏水。問大人可以怎麼做時，我第一次聽到「桐油灰」的名字。還記得在屋邨的家庭用品店買了幾毛錢桐油灰，報紙包了一小團，灰黏黏的，用小刀挑了一些塗在漏水的地方，水珠還是一顆顆的滲出來。魚缸最後是抬回垃圾房。因為要寫這篇文章，上網查資料，我才知道油桐、木油樹和桐油灰的關係。我相信現在已經越來越少人聽過「桐油灰」三個字了，更不知道油桐、木油樹的貢獻。

坐小巴去大埔，經過雍怡雅苑，看見馬路右邊的樹，有點像木油樹，樹幹較高挺，而且是掌狀葉。我在前面的天橋下了車，折回去，發現有三株木油樹，葉柄頂端有一對杯狀腺體，連忙用手機拍了幾張照片，還摘了兩片葉子回家。一進門，就嚷着：「找到了！」妻子問在哪裏找，見到我找了兩個月，終於找到，為我高興。寫木油樹的文章，不能寫錯樹木，我在網上反覆對照介紹木油樹的文字和圖片，總覺我摘回來的樹葉，葉柄頂端雖有一對杯狀腺體，但好像不夠高凸，而且樹葉像塑膠，有點硬。木油樹葉，葉緣深裂處各有一小腺體，但我的樹葉卻沒有。終於，我在書房哎的嘆了一聲：「食詐糊！」

六

我和妻子出了柯士甸地鐵站，新建的豪宅Grand Austin，連接地鐵出口的大門有一個戴帽的護衛把守。出了地鐵站，處處豪宅，凱旋門、君臨天下，高不可攀；而西九文化區仍是工地，正在大興土木，這裏一個天秤，那裏一個天秤，已具外形輪廓的建築物縱橫交錯着複雜的鋼鐵支架，城牆似的圍板圍起了工地，幾輛黃灰色的工程車在裏面靜靜蟄伏。

也是妻子建議到這裏來，說西九文化公園有木油樹，但我們只找到工地，找不到公園。

回家後和兒子提起到西九尋樹，卻找不到公園，他說不是在柯士甸站，而是在九龍站。一個星期天，我和妻子終於找到了西九文化區的苗圃公園。公園在海邊，對着臨海的超級豪宅天璽。進了公園，只見很多年輕父母帶着小孩子享受假日的親子樂，有幾個人在「悠遊西九單車服務SmartBike」的服務處外排隊。走進「苗圃公園」(Nursery Park)，在入口的右邊看到一株葉子疏落、開裂、發黃的樹，妻子問：「會不會是木油樹？」

「不像。」

走近一看，名牌寫着：「木油桐」。

「終於找到啦！」我們不約而同驚呼。

木油樹又名木油桐，這株木油桐，種在泥土裏，樹幹不粗，是「青少年」，樹皮灰色，不大粗糙，有點狀線紋。葉片大，有五裂，呈掌狀，葉脈明顯，葉柄頂端有一對頗為高凸的杯狀腺體，葉緣深裂處果然各有一小腺體。

我和妻子鬆了一口氣，拍照後，撿了幾片落葉放在袋子裏。掉落的木油樹葉乾得似被火烤過，一碰就「卜卜脆」的崩裂。我們趁機遊覽苗圃公園，認識不同的樹木。黃花風鈴木，花朵豔黃鮮亮，妻子最喜愛。離去前，我們再找到四株木油樹，每一株都種在黑色的圓形網格大盆中，一字排開。這四株木油樹，葉子比大門口的那株漂亮多了，樹幹長出的小枝，擎着五六片葉子，竟是紅色的，葉片的柄光滑而微紅。我把一片低枝的葉子稍稍拉下，手掌貼在上面，只覺葉子柔軟得像絨布，彷彿和我握手，與「食詐糊」的那片塑膠似的葉子，手感完全不同。其中一株木油樹，葉間還升起一串串淺綠的花蕾，更有一朵初綻的純潔白花！木油樹的花是很美的，台灣的苗栗，滿山木油樹，桐花盛開的時候，五月飄雪，非常壯觀，吸引很多遊人。有網站説，木油桐暖春觀花、盛夏觀葉、深秋葉黃、寒冬落葉，可四時觀賞其不同的景色。可惜在香港，找一株木油樹已難，很難想像有甚麼桐花季。

西九龍填海區橫跨油尖旺區，而油麻地，本來叫「蔴地」，是漁民曬船上蔴纜的地方。十九世紀，這裏開設了很多補漁船的桐油及蔴纜商店，就改稱「油蔴地」（油麻地）。原來「油麻地」的「油」，就是指桐油。昔日這裏，是繁忙的海，漁船來來往往，岸邊常有漁民用桐油髹船，沿岸也就有很多前鋪後居的桐油店。隨着香港的漁業式微，香港發展成舉世觸目的國際都市，這裏的桐油行業就幾乎消失了。我想，昔日香港，不會那麼難找到一株木油樹吧？

有樹躍起！純粹的超升！木油樹是我的生命樹嗎？我想不是，但我感謝這幾個月的尋樹之旅，木油樹引領我認識自己成長的地方和這地方隱隱約約的歷史；給我更豐富的生命和文化體驗；讓我和她重拾同行同遊的喜悅，發現這城市保有的自然之美。生命中注定有愛，前路注定有樹。

「我們是三年桐還是千年桐？」妻子問。

「你說呢？」

「三年桐只有二十年壽命，是千年桐。」

我笑了。

玫瑰象徵愛情，木油樹象徵甚麼？好像沒有人說過。我會賦予木油樹光明、潤澤、守護的象徵。

天空非常蔚藍，好像狹窄又好像廣闊。四株年青的木油樹，枝葉在微風中輕顫。十年樹木，百年樹人，我祝願這些木油樹能自我開展，在這片土地深深扎根。

責任編輯：羅國洪
封面設計：洪清淇

書　　名：異能司機
作　　者：王良和
出　　版：匯智出版有限公司
香港九龍尖沙咀赫德道二A
首邦行八樓八〇三室
電話：二三九〇〇六〇五
傳真：二一四二三一六一
網址：http://www.ip.com.hk
發　　行：聯合新零售（香港）有限公司
香港新界荃灣德士古道
二二〇—二四八號
荃灣工業中心十六樓
電話：二一五〇二一〇〇
傳真：二四〇七三〇六二
印　　刷：陽光（彩美）印刷有限公司
版　　次：二〇二四年六月初版
國際書號：978-988-70506-2-9

香港藝術發展局
Hong Kong Arts Development Council 資助

香港藝術發展局全力支持藝術表達自由，本計劃
內容並不反映本局意見。